あなたのご希望の条件は

瀧羽麻子

祥伝社

あなたのご希望の条件は

装幀　鈴木久美
装画　星野ちいこ
写真　GCapture／Shutterstock.com

一月

第一印象は七秒で決まる。

昔、社会人になりたての頃、上司にそう言われたことがある。だから初対面の相手と接するときには細心の注意を払いなさい、と。後から自分でも調べてみたところ、七秒ではなく三秒だの、一分だの、はたまた〇・五秒だの、諸説あるようだが、ともかく長い時間ではない。いずれにしても、ひとたび定まってしまった印象はのちのちにまで影響を及ぼす、らしい。

刷《す》りこみというほどおおげさなものではないけれども、あれから十五年以上も経《た》った今でも、誰かとはじめて会うとき香澄《かすみ》は七秒間を意識する。

長い廊下に人影はない。床には品のいい群青《ぐんじょう》色のカーペットがしきつめられ、黄みがかった白い壁に沿ってマホガニー調の重厚なドアが並んでいる。真鍮《しんちゅう》のプレートには番号がふってあり、高級ホテルの客室階のように見えなくもない。

部屋が無人ならドアは薄く開けてある。閉じているのは、室内にひとがいるしるしだ。一番は使用中、二番は空《あ》き、三番と四番も使用中だった。ただし、廊下はしんと静まり返っている。話し声はもちろん、人間の気配すらしない。秘密厳守の業界柄、来客用の会議室は防音が徹底されている。

ぴたりと閉ざされている八番のドアの前で、香澄は足をとめた。ひとつ深呼吸をして、笑顔を作る。

この仕事では、気にしなければならないのは、自分自身の第一印象ばかりではない。相手の第一印象をしっかりと心に刻《きざ》みこんでおくことも、同じくらい重要である。彼または彼女が、はじめて会う他人にどのような態度でのぞむかを知っておくことは、今後の業務を進める上で意義がある。

そして言うまでもなく、その情報を手に入れられるのは、たった一度きりだ。気は抜けない。

軽くノックをしてからノブに手をかける。重たげなドアは、見た目に違《たが》わず、かなり重い。この向こうに足を踏み入れるにはそれなりの覚悟が必要だと、ひっそりと主張しているかのように。

普通、というのが、一ノ瀬慎《いちのせしん》に対する香澄の第一印象だった。

「お待たせしました」

香澄が部屋に入っていくと、一ノ瀬ははじかれたように椅子《いす》から立った。そのまま、挨拶《あいさつ》をするでも名乗るでもなく、もじもじしている。

香澄は特に驚かなかった。彼はこういう場に不慣れだろうと見当はついていた。あらかじめデータベースに登録してもらった履歴書に、ひととおり目を通してある。

二十九歳、埼玉県出身、都内の中堅私立大学の工学部卒。新卒採用で、これも中堅のシステム会社に入り、この春には八年目を迎える。配属先は技術開発部、職種はシステムエンジニアで、主にアプリ開発に携《たずさ》わってきた。転職経験、転職活動の経験、ともになし。

「今回担当させていただくことになりました、キャリアアドバイザーの千葉《ちば》香澄と申します」

一ノ瀬の緊張をできる限り和《やわ》らげるべく、香澄はにこやかに自己紹介した。

「一ノ瀬さんの転職を、全力でお手伝いさせていただきます。どうぞよろしくお願いいたします」

さりげなく彼の全身に目を走らせる。中肉中背で、ダークグレイのスーツにも紺《こん》色のネクタイにも黒縁《くろぶち》のめがねにも、これといった特徴はない。

「よろしくお願いします」

一ノ瀬もようやく声を発し、頭を下げた。

七秒はすでに経過している。彼のほうは、香澄にいったいどんな第一印象を抱《いだ》いただろう。「感じがいい」だったら、うれしい。「頼りがいがありそう」だと、もっといい。でも「普通」だったとしても、文句は言えない。こちらも中肉中背で、容姿もごく平凡だ。無難な黒いパンツスーツを身につけ、パンプスのヒールは高すぎず低すぎず、化粧も濃すぎず薄すぎないつもりで、つまり、これといった特徴はない。

「どうぞ、おかけになって下さい」

一ノ瀬にすすめ、横長の会議机を挟《はさ》んだ向かいに香澄も腰を下ろした。黒い革張《かわば》りの椅子はふかふかで座り心地《ごこち》がいい。

持参した大判のファイルを手もとに置く。えんじ色の表紙の隅《すみ》に、〈PITA－CAREER〉と英字で社名をあしらった小さなロゴが入っている。

ピタキャリアは、今年で創業二十五周年を迎える人材紹介会社、いわゆる転職エージェントだ。

転職エージェントというのは、ひらたくいえば、転職希望者の代理人《エージェント》である。会員ひとりひとりに、担当者――名称は会社によって異なるが、ピタキャリアではキャリアアドバイザーと呼ばれている――がつき、人材を募集している企業との間に立って転職活動を応援する。求人の紹介からはじまり、履歴書の内容や面接での受け答えについて助言したり、選考スケジュールを調整したり、待遇や入社日といった条件のすりあわせにいたるまで、包括的に面倒を見る。

「今日は、一ノ瀬さんのご希望をざっくばらんにお聞かせ下さい。それをもとに、求人の候補を挙《あ》げさせていただきます」

香澄はファイルをめくって、これもデータベース上に登録された、事前アンケートを開いた。転職にあたって重視する点、志望の業界と職種、年収などなど、基本的な質問事項が並んでいる。これを読めば、当人がどんな企業に就職したいのか、最低限のことはわかる。極端な話、時間と手間をかけてこちらまで出向いてもらわなくても、条件に合う候補をみつくろって紹介することもできなくはない。

電話やメールの連絡だけですませてしまわず、実際に顔を合わせる場を設けているのは、むろん理由がある。対面での会話を通し、より率直かつ詳《くわ》しい情報を集めることと、本人のひととなりにふれることだ。どちらも、これから彼を支えていくにあたって貴重な手がかりになる。

「ではまず、転職活動のきっかけを教えていただけますか？」

「ええと、会社の先輩にすすめられて……あ、その先輩は去年の秋に辞《や》めちゃったんですけど……」

一ノ瀬がもそもそと話しはじめた。不明瞭な話しかたはゆくゆく改善する必要がありそうだけれど、今のところ指摘はひかえ、香澄は手早くメモをとる。初回の面談では聞き役に徹することにしている。

年次がふたつ上のその先輩とは、入社直後に教育係をしてもらって以来、親しくなったという。仕事熱心で、周囲からも一目《いちもく》置かれていた彼のことを、一ノ瀬のほうも頼りにしていた。

「だから、会社を辞めることにしたって打ち明けられて、かなりショックで」

一ノ瀬はかすかに顔をしかめた。喋《しゃべ》るのはあまり得意ではないようだが、口調は多少なめらかになってきた。

「辞める直前に、飲みに連れてってもらったんです。ふたりきりだったんで、そのときにいろいろ話して」

今の会社はよくも悪くも保守的な社風で、安定している反面、似たような業務が多くて新しい技術を学ぶ機会は乏《とぼ》しい。このままではエンジニアとしての成長に限界を感じる、というのが、先輩が転職に踏み切った理由だった。新しい勤め先は大手の電機メーカーらしい。その会社がここ一年ほど技術者の採用に力を入れているのは、香澄も知っていた。それが開発部門出身の新社長によって打ち出された方針だという、裏事情も。

「お前もそろそろ自分のキャリアをしっかり考えろよ、って言われちゃって。ぼやぼやしてたら、あっというまに年とるぞって」

先輩の言葉を思い返しているのか、一ノ瀬は視線を宙にさまよわせた。

「もともと、それっぽいこと、けっこう言うひとで。熱いっていうか、まじめっていうか。別に、今すぐ転職しろってわけじゃなくて、その選択肢を頭に入れとけって言うんです。そうしたら、今の仕事の見えかたも違ってくるはずだって」

「いい先輩ですね」

香澄は思わず口を挟んだ。いい先輩だ、後輩の一ノ瀬にとっても、そしてわが社にとっても。

「それで、弊社にご登録を?」

「はい。ここがおすすめだって聞いたんで」

「ありがとうございます」

香澄は丁重《ていちょう》に頭を下げた。いよいよ、いい先輩だ。彼を担当したキャリアアドバイザーがいい仕事をしてくれた、ともいえるかもしれない。誰だろう。後でちょっと調べてみよう。

ピタキャリアは、規模としては業界で五、六番手にあたる。会員数や扱う求人の数では大手に及ばないながら、きめ細《こま》やかな支援には定評があって、転職に成功した会員がこうして友人知人にすすめてくれることも少なくない。

「では、一ノ瀬さんもその先輩と同じように、エンジニアとしての能力をもっと伸ばしたいとお考えになっている……ということでしょうか」

香澄が確認すると、一ノ瀬は少し考えて、

「そう、だと思います」

と遠慮がちに答えた。


面談を終え、部屋を出てエレベーターまで一ノ瀬を見送ってから、香澄は自分のデスクに戻った。

十五階建てのオフィスビルの六階から八階までを、ピタキャリアは使っている。六階に受付と面談用の会議室があり、七階と八階は執務フロアとなっている。その他の階には、ピタキャリアと同じ親会社に連《つら》なる、グループ傘下《さんか》の系列企業が入っている。広告代理店、不動産仲介業、旅行代理店など、業種は幅広い。

階段で七階まで上り、首からぶらさげたＩＤカードをかざしてドアを開錠する。広々としたフロア一面に、いくつかの島に分かれてデスクが配置されている。

香澄の所属する、キャリアサポート部第一課は、窓際の一角に位置している。

キャリアサポート部は、およそ三十人のキャリアアドバイザーから成る、社内では最大の部署である。営業職や管理職など、ビジネス職を希望する会員を第一課が、エンジニアや研究開発といった技術職は第二課が、それぞれ管轄している。

香澄は年明けの定期異動で、第二課から第一課に移ってきたばかりだ。その前から受け持っていた二課の案件も、引き続き手がけることになっている。ピタキャリアでは、新規会員と初回の面談を行う段階で担当のアドバイザーが決まり、以後は原則として替わらない。だから香澄の場合、第一課の一員になったといっても、現時点で進めている仕事はまだ技術職の案件のほうが多い。

フロアをななめにつっきって自席をめざす。事務机も椅子もキャビネも、いかにも業務仕様で地味だ。とりたてて古いわけでもみすぼらしいわけでもない、ごく平均的なオフィスの調度なのだが、六階から戻ってくると明らかに見劣《みおと》りがする。

ピタキャリアの社訓は、「お客様第一」なのだ。

「あ、千葉さん。おかえりなさい」

香澄が席につくなり、隣のデスクでパソコンに向かっていた宮崎《みやざき》が声をかけてきた。

「顔合わせ、でしたよね？　どうでした？」

彼も一月付で、営業部からキャリアサポート部に異動してきた。それで親近感を覚えているのか、単に席が近いからなのか、ひと回りも年上の香澄に向かって、なにかと気安く話しかけてくる。香澄と違い、キャリアアドバイザーとして働くのは今回がはじめてで、あれこれ質問も尽きない。五年前に新卒採用で入社した当初からずっとアドバイザーになりたかったらしく、念願がかなってはりきっているようだ。

ピタキャリアでは、同業他社から転職してきた経験者でもない限り、新入社員にはキャリアアドバイザーをやらせない。将来のかかった相談を持ちかけてくる会員の身になってみれば、妥当な措置だろう。まずは、求人を出している顧客企業との窓口となる営業部で業界のいろはを学んでから、適性に応じてキャリアサポート部に異動する者が多い。

中途採用で入社した香澄も、最初の三年は営業部にいた。その後、キャリアサポート部の第一課と第二課で四年ずつ働き、今月からまた一課に戻ってきたのだ。

「ええと、二十代のエンジニアでしたっけ？　いけそうですか？」

宮崎の言う「いけそう」とは、その会員の学歴や職歴、希望している条件、本人の意欲といったもろもろを考えあわせて、最終的に内定までこぎつけられそうか、という意味になる。

「どうかなあ」

香澄はあいまいに濁《にご》した。もちろん先のことは誰にもわからないけれど、順調に進みそうかどうかは、一度会えばだいたい予測がつく。だてに八年もこの仕事をやっているわけじゃない。

「え、なんですか、なにか問題でも？」

宮崎が身を乗り出し、矢継《やつ》ぎ早《ばや》にたたみかける。

「エンジニアだったら、今って完全に売り手市場でしょ？　あっ、もしかして、コミュニケーションとれない系とか？　理系だとたまにいますよね、プログラミング言語でしか話せないやつ」

そういうわけではない。宮崎ほど饒舌《じょうぜつ》ではないものの、会話は一応成り立っていた。経歴も悪くない。宮崎の言うように、エンジニア職には安定した需要があるし、アプリの開発経験も評価されるはずだ。たとえば先輩の転職先のような、社内の技術者どうしが切《せっ》磋琢磨《さたくま》しあえるような環境も、探せば見つかるだろう。給与は現状より下がらなければいいと言っていたが、積極的に働くつもりなら、さらなる好待遇もねらえるかもしれない。

もし、積極的に働くつもりなら。

そこが、香澄は気になっている。一ノ瀬は、真剣に転職を考えているにしては、どうも受け身なように感じられた。まずまず喋ってくれたのは先輩の話くらいで、その後は終始こちらの質問に短く答えるばかりだった。

「彼が本気で転職したいのか、ちょっとまだよくわからない」

香澄が言うと、宮崎はけげんな顔をした。

「へ？　転職したいから、うちに来てるんじゃないんですか？」

「それはまあ、そうなんだけど」

一ノ瀬は本当に、転職したいと心から望んでいるのだろうか。仲のよかった先輩に影響されて、一時的にその気になっているだけではないか。

はっきりした転職の意志がなくても、軽い気持ちで、または興味本位で、入会してくる会員はときどきいる。インターネット上で基本情報さえ登録すれば、一部の求人は閲覧でき、適性診断や年収査定といった関連プログラムも試せる。会社としても、潜在的な転職希望者を集めるべく、そのような、いわば様子見も歓迎している。

気軽に入会しやすいのは、サービスが完全に無料だからだろう。ピタキャリアだけでなく、転職エージェント会社の大半は、会員個人からは報酬《ほうしゅう》を受けとらない。収入源は、求人を出している企業が負担する紹介手数料である。

お客様第一を社訓とするピタキャリアには、二種類の「お客様」――転職を希望する会員と、人材を求める顧客企業――が存在するのだ。前者をキャリアサポート部、後者を営業部が、それぞれ支援している。

採用が決まると、入社する社員の年収の何割かにあたる金額が、企業からピタキャリアに支払われる。契約の内容にもよるが、だいたい三割前後だ。年収五百万円の案件ならおよそ百五十万、一千万円なら三百万円が、こちらの売上となるとともに、担当したキャリアドバイザーの実績ともみなされる。よって、会員に複数の内定が出た場合、最も年収が高い、すなわち紹介手数料も最も高い会社を推《お》すと公言するアドバイザーもいる。

本人だって年収は高いに越したことはないだろう、という言い分にも一理あるけれど、そう簡単に割りきっていいものか、香澄は躊躇《ちゅうちょ》してしまう。まじめだと言われることもあるが、要は気が小さいのだと思う。かといって、適切な助言ができなければ、キャリアアドバイザーとしての存在価値がない。絶対的な正解があるわけでもないし、さじかげんが難しい。

「それならそれで、いいじゃないですか」

後ろから声をかけられて、香澄と宮崎はそろって振り向いた。

「そういう会員さんをやる気にさせるのも、われわれの仕事でしょう？」

第一課の課長をつとめる石川《いしかわ》が、にっこりして香澄たちを見下ろしていた。

「はいっ」

宮崎が威勢よく答えた。なぜか立ちあがっている。

香澄の背筋も自然に伸びた。口もとだけほころんで目が笑っていない、石川のひんやりした笑顔には、いつまで経っても慣れない。

彼は四十代の半《なか》ばで、すでに何年も課長職に就いている。近いうちに部長に昇進するだろうともっぱらの評判である。もし来期の異動で就任すれば、史上最年少となるそうだ。香澄とはちょうど入れ違いに、一課から二課へ、また二課から一課へと動いていたので、今回はじめて直属の上司と部下の関係になった。

香澄がまだ、今の宮崎のような新米アドバイザーだった頃に、研修の一環として石川の面談に同席させてもらったことがある。

相手は、新興のアパレルメーカーに勤める、二十代半ばの男性会員だった。事前に資料を読んだところ、希望する転職先は同じ業界の、現職よりもはるかに大手で名の知れた優良企業ばかりだった。言葉は悪いが、ちょっと高望みしすぎなんじゃないか、と香澄はひそかに首をひねった。本人にその自覚がないとしたら、少々やっかいなことになるかもしれない。

「一応書いてみたんですけど、やっぱり無理ですよね」

面談にやってきた彼が、恥ずかしそうにそう言ったので、香澄はひとまず胸をなでおろした。

ところが、石川は力強く首を横に振った。

「そんなことはありません」

会員も、それから香澄も、ぽかんとして石川の顔を見た。

「もちろん、今のままでは難しいかもしれません。でも、これからしっかり努力していけば、最終的には希望をかなえられますよ」

そして実際に、彼は第一志望の企業から内定を勝ちとった。

会員本人の期待を超えるような転職を実現すべし、というのが石川の信条だ。目標は高すぎるように見えるくらいが望ましい。その達成をめざして全力で精進することが人間的な成長につながる、という。高嶺《たかね》を見上げて足をすくませている会員を叱咤《しった》激励し、履歴書の文面から面接の想定問答まで、一言一句《いちごんいっく》、細かく厳しく指導にあたるらしい。「石川道場」と社内の一部では皮肉まじりに呼ばれている。

「ちょっとソフィアに確認してみます」

香澄は席を立った。

石川は正しい。キャリアアドバイザーが及び腰になってはいけない。転職によってよりよい道がひらけると信じて、最善を尽くすのがわたしたちの仕事だ。

香澄が一ノ瀬との面談の顚末《てんまつ》を説明すると、ソフィアは冷ややかに応《こた》えた。

「やる気がない方に、紹介できる案件はございません」

「いや、やる気がないってまだ決まったわけじゃなくて……」

「しかし千葉さんは先ほど、彼は本当にやる気があるのかどうか心配だ、とおっしゃいました」

淡々と言う。

「千葉さんが心配しておられる場合、その懸念は的中する可能性が高いと過去のデータが裏づけています。直近の具体的な事例を参照なさいますか？」

「いや、いい。ちょっと待って。わたしの言いかたが悪かった」

香澄はため息をつき、目をつむった。

論理的に説明しなければ、ソフィアには伝わらない。もう少し頭を整理するつもりだったのに、石川からあんなふうに発破《はっぱ》をかけられて、考えがまとまりきらないまま相談に来てしまった。

「受け身な感じがちょっと気になったけど、やる気がないって決めつけるのは早いかな。ひかえめな性格なのかもしれないし、人見知りしてふだんの調子が出ないってこともあるし」

「受け身とひかえめでは語義が異なります」

「まあまあ、そんな頭の固いこと言わないで」

「表現が不適切です。わたくしに頭はありません」

「じゃあ、なんて言えばいいの？　ＣＰＵが固い、とか？」

ソフィアは、ピタキャリアの親会社によって開発された、非常に高性能の対話型ＡＩである。この名前はギリシャ語で叡智《えいち》を意味するそうだ。

ソフィアの基幹システムは、キャリアサポート部が管理している会員情報のデータベースと、営業部が管理している求人情報のデータベースの、双方と連動している。それぞれ最新のデータを照合し、会員の希望に合う求人を抽出できる。

その基本機能は、他社でも使われている一般的な検索システムと特段変わらない。ソフィアがすごいのは、履歴書や求人票には明確に書かれていない情報まで収集し、利用できるところだ。

たとえば、キャリアアドバイザーが会員との面談から得た所感や、顧客企業が打ちあわせの場で営業担当者にもらした本音といった、従来はシステム上に反映させにくかった生の声が、ソフィアの導入によって吸いあげられるようになった。履歴書や求人票に明記されている、いわば表向きの情報ばかりでなく、そういった裏の情報も併用できれば、検索の精度は飛躍的に上がる。しかも、社員は専用のマイクに向かって喋るだけでいい。あとはソフィアが内容を分析し、取捨選択の上でデータとして保存してくれる。

時にはこんなふうに、すんなり話が進まない場合もあるけれども。

「そもそも矛盾《むじゅん》しています。通常、自ら成長したいと望んでいる人間には、相応のやる気があるはずです」

ソフィアが話を戻す。

「彼がうそをついている可能性も疑うべきでしょうか?」

「いや、そういうんじゃないと思うんだけど……」

ソフィアとの「会議」には、専用のブースを使う。二畳ほどの小部屋の壁に、マイクとスピーカーのついたモニター画面がはめこまれ、その前に小さなデスクと椅子が置いてある。ブースはフロアの隅に十近く用意されていて、複数の人間が同時にアクセスできる。以前は、大勢がいっせいに使うと処理速度が落ちてしまっていたが、ここ数年でずいぶん改善された。

香澄たちアドバイザーの間では、ソフィアは人工知能というより、ひとりの個性的な——理屈っぽくて冗談が通じないけれど、聡明《そうめい》で頼りになる——同僚のように扱われている。人間どうしで打ちあわせをするときと同様に、質問や議論もできる。その間にこんがらがっていた思考がほぐれ、今後の方策が見えてくることも多い。

「どうしたいのか、彼自身もまだわかってないのかもしれない」

考え考え、香澄は言葉を継ぐ。

「ただ、なにかしなきゃいけないって意識はあるみたいだった」

先輩に言われたからっていうのもあるんですけど、と面談の終わりに一ノ瀬は小さな声でつけ加えた。自分の中でも、このままでいいのかなって気持ちはあったんです。今年で三十になるんで。

「自分で自分がどうしたいのかわからない、ということですか？」

ソフィアの電子音声に感情的な抑揚はついていないが、理解に苦しむと文句を言いたいのは伝わってくる。

「幼児ならともかく、二十九歳の成人男性ですよ」

なかなか手厳しい。ソフィアの言語能力は、導入当初に比べて格段に上がっている。普通のパソコンと同じように、定期的にプログラムが更新され、着々と進化をとげているのだ。

「三十歳直前って、どうしてもいろいろ考えちゃうものだから。節目《ふしめ》の年だし」

担当者として、また同じ人間として、香澄はとりあえず一ノ瀬を擁護《ようご》した。

「節目」

ソフィアが繰り返す。聞き慣れない言葉だったのかもしれない。

「人間の心理は複雑ですね」

「ごめんね」

「いいえ、お気になさらず。千葉さんはわかりやすいほうですから」

「えっ？」

「いいえ、どうぞお気になさらず」

一拍置いて、承知しました、とソフィアは重々しく告げた。

「彼に転職の意志があると仮定して、条件に該当する求人を検索します。少々お待ち下さい」

ほっとした香澄の目の前で、モニター画面がぱっと明るくなった。ほのかな光を放つ液晶に、一件目の求人票が映し出された。

「ありがとう」


一日の仕事を終えて会社を出たら、おもては一段と冷えこんでいた。

会員の多くは、現在の職場で働きながら転職活動をしている。彼らとの平日の面談は、終業後の時間帯になる場合がほとんどで、対応にあたるキャリアアドバイザーの帰りは遅くなりがちだ。そのかわり朝の出社はゆっくりでいいし、香澄はもともと夜型なので、さほど苦にはならない。どうせ帰りを待つ家族がいるわけでもない。

帰り道では空腹も手伝って、たいがい頭の中は夕食のことで占《し》められている。さて今晩は、どこで、なにを食べようか。

香澄は料理をしない。

昔はどちらかといえば好きだった。フランス製の鋳物鍋《いもの》も、使い勝手のいいハンドミキサーも、何冊ものレシピ本も持っていた。すべて、今の住まいに引っ越すときに処分した。以来、キッチンに立つといえば、毎朝コーヒーを淹《い》れるのと、休日にちょっとした軽食を用意する程度だ。作っている間はまだいいが、ひとりで食べる気になれない。

それが不思議なことに、外食ならひとりでも平気なのだった。ただし、居心地のいい店に限る。

自宅の最寄り駅で電車を降り、商店街に出た。花屋や八百屋《やおや》やクリーニング店はもうシャッターを下ろしている。あかりがこぼれているのは飲食店ばかりだ。駅のすぐそばの定食屋と、その隣の蕎麦屋《そば》には、香澄も月に二、三回は立ち寄っている。他にも居酒屋、ラーメン屋、ピザ屋、うなぎにタイ料理と選択肢は多い。金曜日だからか、どこもにぎわっている。

今日はちょっと豪勢にいってみようか。

蕎麦屋の向かいにあるビストロの前で、香澄は立ちどまった。前に一度、仕事帰りに栄《えい》子《こ》とふたりで来たことがある。料理もワインもおいしかったし、カウンター席もあって、ひとりでも入れそうだった。あるいは、商店街のはずれにある小料理屋でもいい。あそこの魚料理は絶品だ。熱燗《あつかん》でも飲めば、冷えきった体もあたたまるだろう。

しばし迷った末に、ビストロのドアに手をかけた。半分ほど開けて、隙間《すきま》から様子をうかがう。テーブルは四つとも埋まっているけれど、カウンターには誰もいない。店員がひとり、入口に背を向けてせかせかと奥の厨房《ちゅうぼう》に入っていった。

彼女が戻ってきたら声をかけるつもりで、香澄は一歩中へ踏みこんだ。後ろ手にそっとドアを閉める。

と、だしぬけに店内がふっと暗くなった。

香澄はぎょっとした。陽気な音楽が、これまただしぬけに流れ出し、ますますぎょっとする。

ハッピバースデートゥーユー、ハッピバースデートゥーユー、と調子はずれな大声で熱唱しはじめたのは、壁際のテーブル席に座った四人家族の、幼《おさな》い子どもふたりだった。さっきの店員が、ろうそくの立てられたまるいケーキを運んできた。

ハッピバースデー、ディア、おかあさん。ハッピバースデー、トゥー、ユー。

母親が満面の笑みでろうそくの火を吹き消し、にぎやかな拍手が響《ひび》き、店の中が元通りに明るくなるまで、香澄はその場にぼんやりと立ちつくしていた。

新しい客にやっと気づいたらしい店員が、早足で近づいてきた。香澄は急いで回れ右をした。

　来た道を数メートル戻り、コンビニと美容院の間を右へ折れ、民家に挟まれた細い路地を進む。どこからかシャンプーのにおいが漂《ただよ》ってくる。

　つきあたりの四角いビルの、一階に入っている不動産屋には、この町に越してくるとき世話になった。その真上の、二階の窓に、玉子色のあかりがともっている。

　閉まったシャッターの傍《かたわ》らにのびる、狭《せま》くて急な階段を上ると、半畳もない踊り場に出る。正面の茶色いドアに、「ひろ」とだけ書かれた簡素な看板がかけてある。飲み屋の店先というより、アパートの玄関みたいに見える。

　香澄はドアをノックした。どうぞ、と低い声が返った。

「こんばんは」

「いらっしゃいませ」

　ヒロさんは香澄の顔を見るなり、L字型のカウンターの一番奥の、窓際の席を手のひらで示した。他に客はいない。

　カウンターに六人も座れば満員になる、小さな居酒屋だ。二、三年前までは、商店街に面した、もう少し広い店舗で営業していた。そこには今、居抜きでスペインバルが入っている。

　こんな立地なので、一見《いちげん》の客はまず迷いこんでこない。香澄も含め、移転前からの常連が集まる。これも香澄と同じく、ひとり客が圧倒的に多い。彼らの中でも、香澄はかなり頻繁に通っているほうだろう。少なくとも週に一度、多ければ二度や三度、会社の帰りに寄っている。料理も日本酒もおいしく、そのわりに良心的な値段で、なにより落ち着くのだ。

　客のほぼ全員が顔見知りにもかかわらず、なれなれしく話しかけられることがないのもいい。軽い挨拶や、あたりさわりのない世間話をかわしはしても、個人的な詮索《せんさく》はしないのが暗黙の了解になっている。店主の人柄も影響しているのかもしれない。ヒロさんも、客から声がかかれば相手はするが、よけいなお喋りは一切《いっさい》しない。還暦を機に、もっとこぢんまりと静かにやりたいというのが、移転を決めた最大の理由だったらしい。

　並んだスツールの後ろをすり抜け、カウンターの隅までたどり着いて腰を下ろす。先客がいない限り、ここが香澄の定位置だ。ヒロさんがカウンター越しにおしぼりと灰皿を手渡してくれた。

「ビール下さい」

　注文して、香澄はかばんの底からたばことライターをひっぱり出した。一本くわえて火をつける。

　この店のこの席に、ひとりで座っているときにだけ、香澄はたばこを喫《す》う。実家の両親も、職場の同僚も、香澄が喫煙者だとは知らないはずだ。昔は喫わなかったのに、もはやすっかり習慣になってしまった。料理とは反対である。習慣といってもたいした量ではなく、席についてまず一本、帰る前にもう一本、一日二本で今のところ物足りなく感じることはない。

窓を薄く開け、外に煙を吐《は》く。暖房がきいているおかげで、冷気に頬《ほお》をなでられても寒くない。

路地裏の暗がりを見下ろして、あれから何年経ったのだろう、と頭の中で数えてみる。たばこを喫いはじめてから、料理をしなくなってから、離婚してから——もう十一年、いや十二年になろうとしている。

香澄は今日、四十歳になった。

たばこを灰皿でもみ消し、窓を閉め、前に向き直る。よそ見をしているうちに、手もとに箸《はし》と突き出しの小鉢《こばち》が並んでいた。具だくさんのがんもは冬の定番だ。ふくよかな出汁《だし》のにおいが鼻先をくすぐる。

「どうぞ」

カウンターの向こうから差し出されたグラスを、香澄は両手で受けとった。金色のビールに、真っ白なきめ細かい泡がかぶさっている。ビストロはやめてよかった、と思う。いつものとおり、ここへ来て正解だった。

四十歳といっても、ただの節目にすぎない。実際のところ、おめでとうと栄子からメッセージが届くまでは、半分忘れかけていたのだ。気負《きお》うことも、おそれることもない。これまでと同じように、自分で自分の生活をきちんと回していけばいい。

わたしには仕事があり、家があり、くつろげる居酒屋まである。上等だ。

「いただきます」

グラスを口もとに寄せ、思い直して目の高さまで持ちあげた。ひとりで乾杯している香澄を横目に、ヒロさんはちょっと不思議そうに首をかしげたものの、特になにも聞いてはこなかった。

規則正しい包丁の音を聞きながら、グラスに唇をつける。冷たいビールが心地よくのどをすべり落ちていく。

二月

求人票は全部で二十枚あった。

「では、こちらをご確認下さい」

緊張と期待の入りまじったおももちで机の向こうに座っている二宮壮太《にのみやそうた》に、香澄は紙の束《たば》を手渡した。

二宮はさっそく一枚目を読みはじめた。じっくりと目を通し、机の上に置く。二枚目も同様に、時間をかけて黙読してから、最初の一枚に重ねた。

粛々《しゅくしゅく》と繰り返されていた二宮の動作が途中から一変したのは、香澄も半ば予期——もしくは懸念——していたことだった。

新たな一枚に目を落とした彼の顔つきが、急にこわばった。その求人票だけ、これまでの分とは別に、脇にのける。次の一枚もまた、さっと見ただけでそちらに振り分けた。さらに次の一枚も。

結果、二宮の手もとにふたつの山ができた。香澄の予測が正しければ、きっかり十枚ずつのはずだ。

その一方、前半に読みこんでいたほうを彼は手にとった。机の上でとんとんとそろえ、香澄によこす。

「これ全部、応募してみたいです」

二宮からひきとった求人票を、香澄は手早くめくった。びっしりと文字で埋めつくされた用紙の一番上に、社名と職種名が書かれている。通信機器メーカーの広報、ＩＴベンチャーの経営企画、同じ会社の総務、鉄道会社の総合事務、と続く。すべて、二宮が興味を示すだろうと香澄の予想していた求人だった。

予想が的中したことを、しかし喜ぶ気にはなれない。

香澄は十枚の求人票を机の上に置いた。それから腕を伸ばし、二宮の手もとから残りの半分をとりあげた。

「営業職は、どうしてもいやですか」

「いやです」

二宮は力強く即答した。

「この間も言ったとおりです。営業以外なら、なんでもやります」

香澄が二宮とはじめて顔を合わせたのは、先月の下旬のことだ。

事前に履歴書を読んで、香澄は彼の現況がまず気になった。二宮は新卒入社で六年間勤めた住宅メーカーを年末に辞め、半月あまりが過ぎていた。

現在の職場に勤めながら転職活動を進めるか、退職してから本腰を入れて次を探すか、どちらがいいかと会員にときどき聞かれる。現職の状況にもよるので一概には言いきれないが、ピタキャリアでは前者を推奨している。無職の時間が長びけば、経済面や精神面で余裕がなくなってくることもままあるからだ。

企業の側も、離職期間は気にする。ピタキャリアの会員の平均では、転職活動をはじめてから三カ月前後で内定が出る。それよりも大幅に長いと、本人になにか根本的な問題があって決まらないのではないかと疑われかねない。資格試験の勉強や家族の介護など、まっとうな事情があったとしても、仕事から離れている間に勘《かん》が鈍《にぶ》っていないかと心配されるおそれもある。

二宮の事情は、初回の面談で聞いた。

「辞めた直後は疲れ果てて、なんにもやる気になれなくて」

ピタキャリアに会員登録し、面談にやってくるだけの気力が出たということは、当初に比べれば回復しているのだろう。ただ香澄が見る限り、二宮の顔にはまだ疲労の跡《あと》が濃く残っていた。二十代にしては肌がかさつき、目の下にうっすらとくまが浮いていて、顔色も悪い。

こういう会員にあたるたび、どのように手伝うべきかと香澄は悩んでしまう。無理せず体を休めるようにとすすめたいところだけれど、そうもいかない。自分がどれだけくたびれているかは当人が一番よくわかっているだろう。それでも仕事が必要だから、なけなしの力を振りしぼってここへ来ているのだ。

「お仕事、忙しかったんですね」

香澄は言った。二宮が力なくうなずいた。

「はい。かなり」

住宅メーカーの営業職は、総じて激務が多い。戸建てであれ集合住宅であれ、商材の単価が高い分、買い手も慎重になるわけで、それだけ営業努力が求められる。また、住宅展示場での接客や施主との打ちあわせなど、休日出勤も珍しくない。実力主義が徹底されているのも特徴で、歩合給《ぶあい》の比率が高く、実績を出せれば若いうちから稼げる。反対に、契約がとれないと報酬が目減りするばかりか、会社からも圧力をかけられると聞く。

二宮の勤めていたチヨダハウスも、そうだったようだ。

「とにかく、ノルマが厳しくて」

オフィスの壁には個人の成績が貼《は》り出され、目標を達成できなければ同僚たちの面前で上司に容赦《ようしゃ》なく叱責《しっせき》される。そこで皆、なんとか契約をとりつけるため、早朝から深夜まで死にもの狂いで働いていた。十連勤くらいはざらだったという。

「まあでも、がんばって達成さえすれば、文句は言われないわけで。ちゃんと給料も上がりますし。一応、体力には自信もあったんで」

なぜか言い訳めいた口ぶりで、二宮はつけ加えた。

辞めた会社に、しかもそこまで苛酷《かこく》な労働を強《し》いられていた会社に、今さら義理立てすることもないのに、根が律儀《りちぎ》なのだろう。会社員としては損な性分《しょうぶん》ともいえる。無茶なノルマにも抗《あらが》わず、無理を重ねてきたのかもしれない。

「そういう働きかたに限界を感じて、退職なさったんですか?」

「いや、限界ってほどじゃ。確かにきついっちゃきついけど、入社したときからずっと、それが普通だったんで……」

口ごもった彼に、香澄はやんわりと反論した。

「普通じゃ、ないですよ」

二宮がはっとしたようにまばたきして、香澄と視線を合わせた。

「ひとり、仲のいい同期がいたんです」

苦しげに眉《まゆ》を寄せて、言う。

「そいつが突然、血を吐いて。朝礼のとき、すぐ隣で倒れたんです。自分もこうなるかもなって思ったら、急にこわくなってきて」

香澄は黙ってうなずいた。その直感はたぶん正しい。きっかけを与えてくれた同期に感謝すべきだ。


あれから二週間ぶりに会う二宮は、見るからに血色がよくなっている。何日か地元に帰省して、のんびり休養できたそうだ。

「親にがんがん食わされて、十日で三キロも太っちゃって」

そう言われてみると、心なしか頬のあたりがふっくらしている。はきはきした話しぶりも、ひとなつこい笑顔も、前回とはだいぶ印象が違う。たぶん、こちらが本来の二宮なのだろう。

しかしながら、営業という仕事に対する恐怖心は、依然として消えていないようだ。

「営業だけは、ほんとに勘弁して下さい」

「もちろん、無理強いするつもりはありません。ただ、これまでのキャリアを活《い》かせないのはもったいないですし」

香澄は説得を試みたが、二宮は顔をひきつらせ、かたくなに言い張る。

「全然もったいなくなんかないですよ。営業はもうこりごりです。毎日毎日ノルマに追われて、上司に詰められまくって、お客さんにもやいやい言われて、徹夜して、休日まで働いて。今考えてみたら、なんであんなにがんばれてたんだか、自分でも不思議なくらいです」

　香澄の目をのぞきこみ、よどみなく訴えかけてくる。切実なまなざしには、わかりました、とついうなずいてしまいそうになる力がある。二宮はなかなか優秀な営業マンだったに違いない。

　だからなおさら、営業職を選択肢からはずすのは惜《お》しい。

「営業とひとくちに言っても、会社や業界によって、いろいろですよ」

「だけど、営業は営業ですよね？」

　これはもう、拒絶反応といっていい。今までがまんにがまんを重ねてきた反動もあるのだろう。彼に限らず、他職種に転職したいという営業出身者に、しばしば見受けられる症状である。

「ぜいたくは言いません、事務職ならなんでもいいんです。ちょっとくらい給料が下がってもかまいません」

「そうですね。事務職だと未経験なので、給与は下がってしまう可能性が」

「平気です。経験がないんだから、しかたないですよね。早く仕事を覚えられるように、努力します。雑用でも下働きでも、なんでもやります」

　ちょっとやそっとでは譲《ゆず》らない、このねばり強さも、営業職で培《つちか》われたのだろうか。

「二宮さんは、どうして事務職で働きたいんですか？」

　香澄は違う角度から攻めてみることにした。勢いこんで喋っていた二宮がはじめて言葉に詰まり、うつむいた。

「それはその……営業以外でできそうなことっていったら、事務かなって……技術職は理系じゃないと無理でしょう?」

「つまり、消去法ですよね?」

香澄はわざと厳しく言った。

「残念ですが、それでは面接官を説得できません」

「わかりました。考えます、ちゃんとした理由を。だからお願いです、応募させて下さい」

二宮があせったような早口でまくしたてる。

「いえ、事務職に応募するなと言っているわけじゃありませんよ」

香澄は口調を和らげた。

「いろんな可能性を探《さぐ》るのはいいことです。だから未経験可の求人を選んできたんです。ただ、事務職はもともと倍率が高くて、経験者も大勢応募します。経験のない二宮さんは、どうしても不利です」

「そっか、そりゃそうですよね」

二宮が肩を落としたのをみはからって、切り出す。

「じゃあ、もうひとつ質問させて下さい。そもそも二宮さんは、どうして営業職がいやなんですか?」

「それは、さっき言ったとおりです」

「ノルマに追われて、上司に詰められて、お客さんに文句を言われて、徹夜して、休日にまで働かされるから？」

「はい」

「そうじゃない営業も、世の中にはいっぱいありますよ」

先ほど説明しかけていたことを、香澄はもう一度繰り返した。今度は二宮も言下《げんか》に否定はしなかった。かわりに、心細げに香澄を見つめている。

「たとえば、この荒川《あらかわ》製作所ですが」

香澄は求人票を一枚とって、机越しに差し出した。二宮がおずおずと受けとった。

「二宮さん、この会社をご存じですか？」

「いいえ」

それは想定の内だった。香澄は微笑《ほほえ》んで続ける。

「産業用機械のメーカーです。主力製品は、工場で金属を加工する機械です。消費者向けの商品じゃないので、世間ではあまり名前を知られていません。でも、業界では圧倒的なシェアを持つ、非常に安定した優良企業です」

営業職の求人の中で、ソフィアが最も推していた一社である。

「この会社の営業は、個人住宅を売る営業とは全然違います」

商材がきわめて差別化され、かつ評価されているからだ。顧客にとって製品の生産に必要不可欠な機械なので、押し売りしなくても買ってもらえる。それに相手は法人だから、先方が休みとなる土日にこちらも休める。さらに、全社を挙げて有休完全消化をめざしてもいるらしい。

「目標は部署単位で設定されて、個人が厳しいノルマを課されることもありません。重要なのは、既存のお客さんとの関係維持です。先方に信頼されて長くおつきあいができるような、コミュニケーション能力の高い人材が求められているそうです」

二宮が求人票に注《そそ》ぐ目つきがしだいに変わってきたところで、香澄は言葉を切った。

「よかったら他の案件も、もう一度ご覧になりますか？」

残り九枚となった営業職の求人票を、まとめて彼のほうへすべらせる。


二宮との面談を終え、香澄がデスクに戻ったのは十二時過ぎだった。

「千葉さん、一緒に昼めし食いにいきません？」

宮崎が自席から声をかけてきた。

「いいよ」

今日は夕方まで来客がなく、わりと余裕がある。二宮の案件についても、社内の手続きを進めよう。

二宮は事務職と並行して営業職の求人にも応募することになった。それぞれ五社ずつ、計十社だ。

今後はまず、各社に応募書類を提出する。中途採用では、履歴書に加え、職務経歴書も準備する必要がある。これまでの業務経験、志望動機、自己PRなどをまとめるのだ。志望動機や自己PRは履歴書にも欄が設けられているものの、枠は小さい。詳細はこちらに、過去の経歴とも関連づけて書いてもらう。

どの会社にも同じ文面を使い回そうとする会員もいるけれど、香澄は一社ごとに考えるようにすすめている。中でも志望動機は、なぜ他社をさしおいてそこで働きたいのか、明確に説明できていなければならない。ということは、その企業ならではの特長や魅力をふまえて具体的に書かないと説得力に欠ける。経歴に関しても、会社や職種によって重視される要素は異なるので、強調すべき点は念入りに、それ以外は適度に力を抜いて、分量や構成を工夫したほうが伝わりやすい。

香澄の説明を、二宮はメモをとりつつ聞いていた。時折、的《まと》を射た質問も挟んだ。勘はよさそうだし、要点はつかめただろう。書きながら、自分が本当はなにがしたいのか、あらためて考えをめぐらせることにもなるはずだ。営業職への偏見は払拭《ふっしょく》できたようだが、熟慮の上でやはり未知の職種に挑戦したいというなら、それはそれでいい。

「千葉さん、午前中の面談、うまくいったんですか」

エレベーターのボタンを押した宮崎が、香澄を見やった。

「うん、まあまあ。なんで？」

「なんかご機嫌《きげん》みたいなんで」

訳知り顔で言う。なんとなく悔《くや》しくて、香澄は言い返した。

「宮崎くんは、なにかトラブル？」

「え、なんでわかるんですか？」

「なんか不機嫌みたいだから」

「や、不機嫌ってわけじゃないですよ。ただ……」

話の途中でエレベーターのドアが開いた。ふたりして乗りこむ。

数人の先客も、そろって首からＩＤカードをぶらさげている。このビルにオフィスをかまえるグループ企業で、カードのデザインは共通だ。どこの社員かはストラップの色で判別できる。青は旅行代理店のピタトラベル、緑は出版業のピタパブリッシング、黄色は小学生向けの学習塾を運営するピタキッズ、そしてピタキャリアはえんじ色である。それぞれのロゴも白抜きで入っている。

三階で乗りこんできた若い女性ふたりのストラップは、淡《あわ》いピンク色だった。ピタマリーの社員だ。

香澄はとっさに顔をふせた。

ピンクのストラップが視界に入るたび、反射的にこうなってしまうのだ。香澄がピタマリーで働いていたのは十年以上も前の話で、当時の顔見知りに出くわすこともめったになくなったのに。今でも交流が続いているのはただひとり、栄子だけしかいない。

一階でエレベーターを降り、香澄は宮崎にたずねた。

「なに食べようか？　ラーメン？　餃子《ぎょうざ》？　カレー？」

彼の好物を並べてみたが、当人は考えこんでいる。

「洋食屋とか、どうですか？　ちょっと歩くんですけど」

「いいよ、わたしはなんでも」

どうやら宮崎は、なにか話したいことがあるらしい。それも、オフィスから十分に離れた場所で。

ふだんなら、そばに石川がいようが部長がいようが、愚痴も弱音もあっけらかんと口にしてみせるのに、珍しい。誰かにしかられでもしたのだろうか。それとも、仕事以外の悩みを打ち明けたいのだろうか。


北風が吹きつける中を十分近く歩いて、洋食屋に着いた。

駅の周辺に広がるオフィス街からはずれているせいか、店は空《す》いていた。入口近くの席に一組だけ、近所の主婦らしき四人連れがお喋りに興じている。彼女たちから一番遠い、壁際のテーブルを選び、香澄と宮崎は向かいあわせに座った。これだけ離れていれば、よほど大声を張りあげでもしない限りは聞きとがめられないだろう。

注文をすませると、宮崎は口火を切った。

「しくじりました……」

赤いクロスがかかったテーブルに両ひじをつき、頭を抱《かか》える。

「どうしたの？」

「担当代えろ、って言われちゃいました」

「えっ」

受け持った会員とそりが合わないということは、たまにある。

必ずしもキャリアアドバイザーに非があるとはいえない。人間どうし、相性のよしあしはどうしようもない。黙って競合他社に移ってしまわれるよりは、交代してほしいと申し出てもらえたほうが、会社としてもありがたい。

と、頭では理解していても、いざとなると誰しも動揺する。とりわけ、はじめてのときは。

香澄もそうだった。アドバイザー失格だと烙印《らくいん》を押されたようで落ちこんだ。どんな理由であれ、選ばれなかった、という事実は人間を傷つける。不採用通知を受けた会員がしょげるのも道理だ。

日頃は快活な宮崎も、今回ばかりは元気がない。

「昨日会ったときは、全然そんな感じじゃなかったんですよ。どっちかっていうと話もはずんで。なのに、今日になって、いきなりサポートセンターに電話してきたらしいんです。あんまりじゃないですか？　おれにはなんにも言わないで」

「理由はなんなの？」

「もっと経験豊富な担当者をつけろって。あと、できれば女性がいいそうです」

宮崎は上目遣《うわめづか》いで香澄を一瞥《いちべつ》し、言い添えた。

「たぶん千葉さんに回ってくると思いますよ。さっき石川さんがそんな感じのこと言ってました」

「え、そうなの？　どんなひと？」

「美人です、気が強い感じの。三十八歳で独身ですけどね」

最後のよけいなひとことが気になる。彼女にきらわれた原因も、そのあたりにあるのではないか。

「いや、見た目はいいから。経歴は？」

「ええと、これまでにも三回転職してて、今で四社目です。ずっと財務畑ですね」

宮崎が挙げた四つの社名は、すべて外資系の大企業だった。重工会社、コンサルティングファーム、ＩＴ企業、家電メーカー、と業種は異なるものの、そろって名の知れた一流どころばかりである。

「三上《みかみ》さん……あ、彼女は三上さんっていうんですけど、転職慣れしてるんですよ。うちじゃないけど、エージェントも使ったことがあるって話で。学歴も職歴も文句ないし、余裕だと思ったのになあ」

今度の転職活動のきっかけは、上司への不満だという。

「女は結婚して子どもを産まなきゃ一人前じゃない、みたいなオヤジらしいんです。三上さんいわく、外資でも日本支社だとそういうのがたまに生き残ってるそうで。今どきありえねえだろってふたりで盛りあがって、いい感じに空気もほぐれて、最後はちょっと雑談もして」

「どんなこと喋ったの？」

いやな予感がして、香澄は口を挟んだ。本題を終えた後の雑談は、要注意だ。採用面接でも失敗例が少なくない。緊張がゆるみ、不用意な失言やくだけすぎた言葉遣いで評価を落とす場合があるのだ。

「別に、どうってことない世間話ですよ」

宮崎は記憶を探るように目を細め、会話を再現してみせた。

三上さんは、やっぱりお仕事忙しいんですか？　まあ忙しいけど、早く帰れる日は飲みにいきます。いいですね、もしかして今日も？　はい、女どうしですけどね。いや楽しそうじゃないですか。楽しいけどどうかなって思いますよ、同じ大学の子たちなんだけど、みんな働きすぎで恋愛してるひまもないっていう。

「あ、プライベートのこと聞いたのがまずかったですか？」

宮崎が言葉を切り、不安そうにたずねた。

「向こうから喋ってくれたんなら、別にかまわないんじゃない？」

ここまで聞いた限り、三上は宮崎にそこそこ心を開いているように思える。そうでなければ、知りあったばかりの、しかも年下の男性担当者に向かって、自虐《じぎゃく》もまじえた私生活の話などしないだろう。

「ですよね？」

「ほんとにそれだけ？　なんか失礼なこと言ってない？」

「まさか。逆に、いいじゃないですかって言ったんですよ、おれ。三上さんみたいに優秀なら、恋愛なんかしなくてもひとりで立派に生きていけますよって」

香澄はため息をついた。

「それじゃないの」

「へ？」

「三十八歳の独身女性に、ひとりで生きていける、はないでしょう」

「ええっ？　ほめてるのに？　だって、すごく強いひとなんですよ。男なんかに負けてられるか、みたいな。プライドも高そうだったし」

宮崎はきょとんとしている。

「本人も否定しませんでしたよ。そうですね、そのためにもいいところに転職してばりばり稼がなきゃ、って笑ってましたよ」

「自分で言うのは、いいの」

香澄もじかに話したわけではないから、彼女の本心はわからない。ひとりで立派に生きていける人生に、心から満足している可能性もある。ただ、十歳も年下の若者からそんなふうに励《はげ》まされてどう感じるかは、また別の問題だ。香澄自身もそうだし、ましてや強くて男勝《おとこまさ》りでプライドの高い女性なら、なおさらだろう。

「あっ」

宮崎が口もとに手をやった。

「そういえば三上さん、その後急いで帰っちゃったんですよ。じゃあ約束に遅れるからそろそろ、って。まだ面談時間は残ってたのに。なんか急だなとは思ったんですけど、そういうことだったのか……」

おそらく、そういうことだったのだ。

「これからは気をつけなよ」

「そりゃ気をつけますけど、でも、難しくないですか？　この状況で、どう反応すりゃいいんですか？　ちゃんと恋愛もしたほうがいいですよって言うんですか？　そのほうが感じ悪くないですか？」

「なんにも言わなくていい。黙って聞き流せばいいの」

「複雑だなあ。ああ、なんかおれ、自信なくなってきました」

しゅんとしている宮崎が少しかわいそうになってきて、香澄は言った。

「わたしも何度かあるよ、担当交代」

「え、千葉さんも？　なんでですか？」

「宮崎くんと逆。若い女の子じゃなくて、ベテランの男性をつけてほしいって」

キャリアアドバイザーになった直後の、三十代のはじめに、何度かあった。若いというほど若くもないのに不条理だと栄子にこぼした覚えがある。若い女の子ねえ、うちの会員さんたちには大人気なのにね、と苦笑された。

「うわ、そんなの三上さんに言ったら殺されますよ」

「まあしかたないよ、向こうも人生かかってるんだし、なるべく不安になりたくないでしょ。結果的にうまくいかなくて、後からアドバイザーのせいにされるくらいなら、最初にはずしてもらったほうがお互いのためにいいって」

折よく、香澄のオムライスと宮崎の海老《えび》ピラフが運ばれてきた。香澄は話を切りあげて、いただきます、と手を合わせた。


めいめいの皿が空く頃には、宮崎の声も表情も、かなり明るくなっていた。

「なんか、聞いてもらったら楽になりました」

と殊勝に言うけれど、空腹が満たされたのも大きいだろう。

「ありがとうございます。千葉さんって、ほんとに聞き上手《じょうず》ですね」

「そんなことないよ」

否定したものの、実は似たようなことをよく言われる。

昔から、どういうわけか、他人に悩みを打ち明けられる機会が多い。友達に、後輩に、同僚に、さまざまな相談を持ちかけられてきた。気の利《き》いた助言ができるわけでもなく、ただ耳を傾《かたむ》けるだけのことも多いのに、よっぽど話しかけやすい顔でもしているのだろうか。人徳だよと栄子にはからかわれるが、そんな大仰《おおぎょう》なものでもないと思う。

「石川さんも、千葉さんを見習えって言ってましたよ」

「うそ」

食後のコーヒーを飲もうとしていた香澄は、むせそうになった。あの石川が、香澄のことをそんなに評価しているとは思えない。ついこの間も、千葉さんはちょっとのんびりしすぎじゃないですか、とちくちく言われたばかりだ。

先月から受け持った一ノ瀬慎の案件が、うまく進んでいないのだ。

何社か応募した先は、軒並《のきな》み書類審査で落とされた。志望動機が弱いのだろう。成長したいという気持ちにうそはなくても、学ばせてほしいと求めるだけでは他人任《まか》せの印象を与えてしまう。企業は学校ではない。現時点でどう貢献できるのかも伝えなければ、採用してもらえない。

もともと、文章を書くのも苦手らしい。理系の、特に男性には多い弱点だ。香澄の指導で多少は改善してきたとはいえ、受け身の姿勢そのものをどうにかしないと、書類選考は通過できても面接を突破できないだろう。しかし本人は意識を変えるどころか、不採用続きでやる気を削《そ》がれているようだ。悪循環である。

それでも、新しい求人を紹介したら、めげずに書類を準備してくる。二宮のように無職で困っているわけでもない。気長に見守っていればそのうち一皮むけそうな気もする。が、もっと尻をたたいて急《せ》かせと石川は言うのだった。本人にとってもピタキャリアにとっても時間のむだでしょう、と。

「あとソフィアにも、自分ばっかり喋ってないで、もっと相手の話を聞けって言われちゃって。おれ、そんなに喋ってばっかかですかね？」

宮崎がぶつぶつ言い、はっとしたように顔を上げた。

「千葉さんのほうは、どうなんですか？」

目の前にいる相手の話を聞くことからはじめよう、と思いついたらしい。

「どうって？」

「ええと、そうだ、午前中の面談。うまくいったって言ってましたよね？　どんな案件ですか？」

「チヨダハウスの元営業マンなんだけど」

香澄が答えると、宮崎は眉をひそめた。

「えっ、チヨダですか？　しかも営業？」

「知ってるの？」

「はい、大学の友達がひとり入ったんですよ。おんなじ営業職で。半年もしないうちに辞めましたけどね」

「けっこう、きついらしいね」

「やばいですよ、死ぬほど働かされたって言ってました。ていうか、実際に誰か死んでるらしいです。そいつが辞めるときも、めちゃくちゃもめたって」

卑怯者《ひきょうもの》、恩知らず、お前なんかどこで働いたって通用するわけがない、とさんざん罵《ののし》られ、ほうほうの体《てい》で逃げ出したのだという。二宮の体験談にも驚いたけれど、実態はさらに悲惨だったのかもしれない。

「確かに彼も、修羅場《しゅらば》くぐってきた感じはするかも。若いわりにしっかりしてるし」

「いくつなんですか？」

「二十八」

「なんだ、おれと同い年か」

宮崎が首を振った。

「そんな会社で何年も働いてたって、なんかもう経験値が違いますよね？　おれ、ぬるすぎるのかな。若い頃の苦労は買ってでもしろって言いますもんね？」

まだ三上のことをひきずっているのか、どうも弱気だ。

「苦労すればいいってものじゃないよ。体をこわしたら元も子もないし」

初回の面談にやってきたとき、二宮は憔悴《しょうすい》しきっていた。手遅れになる前に辞められて本当によかった、とあらためて思う。

「あと、苦労とはちょっと違うんですけど、自分は転職した経験がないくせに、他人の世話をするってどうなんでしょうね？」

「それは気にしなくていいと思う。経験っていったって、結局はひとそれぞれだから」

刑事に前科は必要ない。虫歯になったことのない歯科医だっているだろう。未婚のウェディングプランナーなら、知りあいに何人もいる。キャリアアドバイザーだって、なにも自分自身が転職していなくたってかまわない。転職を手伝う「経験」を地道に積み重ねていけば、会員の気持ちに寄り添えるようになるはずだ。

「そういや、千葉さんも転職組ですよね？　うちに入る前はなにやってたんですか？」

思いがけず水を向けられて、香澄はどきりとした。

ピタキャリアに転職してきた当初は、たびたび聞かれた質問だった。聞かれるたびに、憂鬱《ゆううつ》になった。

「ピタマリーにいたんだよ、わたし」

簡潔に答える。別に、隠すことじゃない。あの会社が悪いわけでもない。仕事は楽しかったし、顧客とも同僚ともうまくやっていた。栄子というかけがえのない友達もできた。あそこで働いていた頃に起きたことを、もう二度と思い出したくないだけだ。

「でも、いわゆる転職とはちょっと違うかも。グループ内だし。大きめの異動って感じかな」

詳しく聞かれる前に、香澄は先手を打った。

「そっか、似てるっていえば、似てますもんね。同じ人材紹介系だし」

ピタマリーは、首都圏を中心に展開する、会員制の結婚相談所である。

宮崎の言うとおり、仲介するのが結婚相手か、新たな仕事かという違いはあれど、社員のやっている仕事には相通じるものがある。会員ひとりひとりの条件や嗜好《しこう》をふまえ、ふさわしい見合い相手を――求人を――紹介し、成約に向けて支援する。ソフィアの検索システムも、ピタマリーでも活用されている。男性会員と女性会員の条件を照合し、相性のいい組みあわせを提案してくれるのだ。

「ごちそうさま。そろそろ行こうか」

宮崎をうながして、香澄は立ちあがった。

三月

約束の時刻に十分遅れて、香澄はレストランに着いた。

店内に一歩足を踏み入れるなり、人々のざわめきと香ばしいにおいに包まれた。テーブルはすべて埋まっている。味にうるさい栄子が選んでくれた店なので、金曜の夜に繁盛《はんじょう》しているのは当然かもしれない。

その栄子は、壁際の奥まった席で熱心にメニュウを眺《なが》めていた。

「ごめん。お待たせ」

香澄は声をかけた。

栄子とは、ふた月に一度は誘いあわせて飲みにいく。ただ、年明けは互いに仕事がたてこんでしまい、少しばかり間《ま》が空いていた。いつもはオフィスの一階で待ちあわせるが、今日は栄子に外出の予定が入り、現地集合になった。仕事は大丈夫だった？」


「いいよいいよ、わたしも今さっき来たとこ。仕事は大丈夫だった？」

メニュウから顔を上げ、栄子が答える。


「うん。ちょうど出ようとしてたところで、つかまっちゃって」

一月から担当していた二宮壮太が、会社まで訪ねてきたのだ。

事前に連絡もなくやってきたのは、これまでのように面談をするためではなかった。彼にはもう、その必要はない。転職活動は順調に進み、三つも内定がとれた。週明けからは、荒川製作所で営業職として働くことになっている。

会員が内定を受諾した時点で、キャリアアドバイザーの役目はほぼ終わる。その後の事務連絡は電話やメールですむので、会わずじまいになることも多い。しかし中には、こうして挨拶に出向いてくれる者もいるのだった。新天地への希望に満ちた晴れやかな顔を見るのは、うれしいものだ。

二宮が応募した十社のうち、面接に進めたのは半分にあたる五社で、みごとに営業職ばかりだった。職務経歴書が予想以上の出来映《できば》えだったのもあって、事務職もひとつかふたつ残るかもしれないと香澄は期待していたのだけれど、やはり未経験では狭き門だと思い知らされた。

幸い、不採用通知を受けた彼は、思いのほか平静だった。まあそんな気はしてました、と強がるふうもなく言った。これで覚悟が決まりました、気持ちを切り替えて面接にのぞみます。言葉どおりの落ち着いた声音《こわね》だった。念のために追加でみつくろってあった事務職の求人を、香澄は紹介しないでおいた。

それでよかったのだろう。二宮は今日、照れくさそうに言っていた。

「あれだけごねといて、今さら恥ずかしいんですけど……よく考えたら、僕が一番自信を持ってできる仕事って、やっぱり営業なんですよね」

転職活動は、自らを見つめ直す契機にもなる。やりたいこと、できること、そして企業から求められていることを、見定めなければいけない。二宮のようにうまく折りあいがつけばなによりだが、理想と現実の食い違いに苦しむ会員も多い。

「千葉さんには、なにからなにまでお世話になりました。給料のこととかも、面倒見ていただいて」

「それは、わたしたちの仕事ですから」

雇用条件は、営業部の担当者を通して先方と詰める。中でも報酬はデリケートな問題なので、双方の間に入って慎重に折衝《せっしょう》を進めていく。

どのくらい交渉の余地があるかは、ひとえに内定者の得ている評価による。

会社にとってどうしても手に入れたい人材であれば、企業もこちらの要望を無視できない。当然ながら、その逆もありうる。ものの値段と同じで、需要と供給の兼ねあいで価格が決まる。誰もがほしがる優《すぐ》れた商品には、高値がつく——身もふたもないけれども、それが現実だ。

同時期に複数の会社から内定が出ていると、値上げ交渉も比較的やりやすい。今回、荒川製作所から最初に提示された年収額は、第二志望の会社のそれよりいくらか低かった。その旨《むね》を先方に伝えたところ、そういうことなら、と増額してもらえた。

「本当にありがとうございました」

最後にもう一度ぺこりと頭を下げて、二宮は軽い足どりで帰っていった。


スパークリングワインのたっぷり注《つ》がれたグラスを高々とかかげ、栄子はほがらかに言った。

「香澄、お誕生日おめでとう」

「ありがとう」

香澄もグラスを目の高さまで持ちあげてから、ひとくち飲んだ。きんと冷えた炭酸が、のどではじける。

「お祝いが遅くなっちゃってごめんね。ようこそ、四十代へ」

栄子がにやりと笑う。香澄と栄子は同じ学年だが、生まれ年は一年ずれている。

「ありがとう」

香澄は苦笑まじりに繰り返した。隣席の二十代と思《おぼ》しき男女がすばやく目くばせをかわしたのは、見なかったことにする。

「食事はコースにしたから。ワインはボトルで頼もうね。せっかくだから、赤白両方いっちゃう?」

「うん。いいね」

今回は香澄の誕生日祝いという名目で任せっぱなしにしているけれど、そうでなくても、栄子はこの調子でなんでもすいすいと決めてくれる。しかもそれが的確なので、迷い性の香澄にとってはありがたい。

「うちらのつきあいも、もう十八年か。早いよねえ」

ワインをすすり、栄子がつぶやく。互いの誕生日を祝いあうたび、どちらからともなく口にするせりふだ。年を重ねるごとに感慨も増している。

十八年前の春、ピタグループの合同入社式で、香澄ははじめて栄子と言葉をかわした。入社前から内定者どうしの集まりは何度か開かれていたものの、ふたりで会話することはなかった。実をいえば、香澄は栄子と特に親しくなれるとも思っていなかった。グループ全体で三十人ほどの内定者の中で、栄子は一番目立っていた。片や香澄は、一番とはいわないまでも、間違いなく目立たないほうだった。

会議室でも、居酒屋でも、栄子は必ず場の中心にいた。活発に意見をのべ、疑問があれば社員相手でも臆《おく》せずたずねる。長身と彫《ほ》りの深い顔だちも目をひいた。こういうしっかりした子がひとりいてくれると楽だなあ、などと感心しつつ、香澄はおとなしく彼女を眺めていた。

式典の後に新人研修を受け、その終わりに各人の配属先が発表された。

香澄はピタマリーの第一事業部に配属された。個々の会員との結婚相談を管轄している部署だ。面接のときから伝えていた、カウンセラーとして働きたいという希望が通ったようだった。

ピタマリーの同期は香澄の他に三人いた。配属部署はばらばらで、栄子が経営企画部、あとのふたりは宣伝部と第二事業部だった。第二事業部の主な業務は婚活イベントの企画と実行で、お見合いパーティーや講演会を開催している。栄子も含め、三人三様の雰囲気に合った配属先だと香澄は思った。

夕方からはグループ各社の先輩社員も加わって、十二階の社員食堂で歓迎会が開かれ、流れ解散となった。

香澄は帰りじたくをすませてトイレに寄った。個室から出て手を洗っているところへ、かつかつと靴音を響かせて栄子が入ってきた。手ぶらで、スーツの上着も脱ぎ、ブラウス一枚になっていた。鏡越しに目が合った。

香澄が会釈《えしゃく》しようとしたそのとき、栄子の顔がゆがんだ。眉間《みけん》にぎゅっと深いしわが寄り、唇がへの字に曲がる。にらみつけられた香澄は、え、と声をもらしかけた。なにか気にさわるようなことでもしただろうか。

香澄がおろおろしているうちに、栄子は切れ長の目を潤《うる》ませた。涙が頬を伝ってブラウスにこぼれ落ち、ぽつりぽつりとしみを作った。香澄はいよいよあっけにとられ、身じろぎもできなかった。

やがて栄子はうつむいて、ブラウスの袖でぐいぐいと目もとをこすった。香澄はあわててポケットを探り、ハンカチを差し出した。自分の手を拭《ふ》く前でよかった。

「ありがと」

栄子が鼻声で言った。流れ落ちたアイメイクでどす黒く縁どられた目に、先ほどの険《けん》はなかった。

「ごめん、ハンカチ汚しちゃった」

「いえ」

「ねえ千葉さん、これから時間ある？」

いきなりたずねられて、香澄に断れるはずもなかった。

どんなに深刻な事態でも、たとえばろくに言葉もかわしたことのない同期の前で取り乱して泣き出してしまったとしても、十八年も経てば笑い話になる。その笑い話を肴《さかな》に、仲よく酒を酌《く》みかわせるようにもなる。

「あのとき香澄、完全にひいてたよね？」

「ひくでしょう、あれは」

ふたりで駅前のコーヒーショップに入ったときには、栄子はもう泣いていなかった。コーヒーに口もつけず、前のめりになって香澄に訴えた。

「わたし、カウンセラーがやりたくてピタマリーに入ったんだよ」

化粧を落とした肌はつるんと健《すこ》やかなつやを帯び、ふだんより心もち幼く見えた。

「なのに、なんで経営企画なわけ？」

そう言われても弱ってしまう。配属を決めたのは香澄じゃない。かといって、栄子がこうも執着するカウンセラーとして働くことになった身で、むげに突き放すわけにもいかなかった。

「でも、経営企画って会社の中心になる部署でしょう？　伊藤《いとう》さんがそれだけ期待されてるってことじゃないかな」

とりなしたのは、その場しのぎのおせじや慰《なぐさ》めではなかった。経営企画部が会社の中核となる重要な部門だというのは、社会人になりたての香澄でも知っていた。新入社員の立場で抜擢《ばってき》されるなんて、有望な人材だとみなされている証拠だろう。

「みんなそう言う。だけど、わたしはカウンセラーになりたかったのに」

栄子は恨《うら》めしげに香澄を見据《みす》えた。

「千葉さんは？」

「え？」

「千葉さんもカウンセラーになりたかったの？」

香澄は一瞬ためらった。肯定しても否定しても、栄子に悪い気がした。

「うん」

迷った末、正直に答えた。そっか、と栄子は低くうなって、冷めかけたコーヒーをごくごく飲んだ。

「じゃ、いいや。千葉さんもなりたかったんなら、まあいい。そうじゃないんだったら、納得いかなかったけど」

コーヒーを飲み干した栄子は、なぜカウンセラーになりたかったのか、切々と話しはじめた。

「わたしの周りって、幸せな結婚をしてる夫婦が誰もいないの」

大恋愛の末に駆け落ち同然で結婚したという両親は、今や互いに口すら利かない。姉は暴力亭主から逃《のが》れるために離婚し、幼い子どもたちを連れて実家に戻ってきた。幼なじみの親友は妊娠をきっかけに入籍したところ、直後に夫が浮気して、慰謝料をめぐる裁判ざたになっている。

「籍入れてたったの三日だよ？　ありえなくない？」

見知らぬ家庭の内情を、それも何軒分も赤裸々《せきらら》にぶちまけられて、香澄は当惑してしまった。

「まあ……そうだね……」

「すっごくいい子なんだよ。性格よくて、美人で。なんでそんなバカ男と結婚すんのって話だよね？　ていうか考えなしに子ども作んなよ、いや、そもそもつきあうなよ！」

「まあ……そうかも……」

「ね、どうしてそんなことになっちゃうんだと思う？」

香澄の返事を待たずに、栄子は憤然と続けた。

「見る目がないんだよ、みんな。恋愛してのぼせて、判断力が鈍ってる状態で決めるから、失敗する」

そういう不幸な結婚を、栄子はできる限り減らしたいのだそうだ。

「わたし、子どもの頃から、ずうっと母親に愚痴を聞かされてた。お父さんのせいで人生だいなし、でもあんたたちがいるせいで別れられないって。すごい罪悪感だった。本人も気の毒だけどさ、一番の犠牲者って子どもじゃない？」

悲劇を避けるためにはお見合い結婚が望ましい、というのが栄子の説だった。信用できる第三者が間に入れれば、各自の条件をきっちり確認し、複数の候補を比較検討できる。個人の人脈に頼るより、出会える相手もぐんと増える。熱弁をふるわれ、香澄はだんだんピタマリーの勧誘を受けているかのような気分になってきた。

「さっき、幸せな夫婦は誰もいないって言ったけど、ほんとはひと組だけいるんだよ」

栄子がふっと表情を和らげた。

「うちのおじいちゃんとおばあちゃん。こないだ金婚式だったんだけど、今でもすっごく仲よしなの。もちろん、お見合い結婚」

うっとりと言う。

「わたしもピタマリーに入会して、運命の相手を探してもらうつもり。ね、千葉さんは？うちの会社に入ってくるくらいだから、お見合い派だよね？」

香澄はなんとも答えられなかった。そんなの、考えたこともない。

「あれ、もしかして恋愛結婚派？　いいんだよ別に、こんなに熱く語っといてなんだけど、結局は個人の自由なんだし」

栄子がくすりと笑い、香澄の顔をのぞきこんだ。

「もしかして千葉さん、今つきあってるひとがいる？」

「うん、まあ、一応は」

「長いの？」

「ええと、もうじき三年目」

「へえ、長いね。どんなひと？」

栄子は目を輝かせた。恋愛結婚をこきおろしていたわりに、この手の話もきらいではないようだった。

「大学の先輩」

裕一《ゆういち》とは、大学三年生の春に出会った。ゼミの担当教授が主催する、院生や卒業生もまじえた花見の席だった。

広告代理店に勤めているという裕一は、香澄よりも六つ年上だった。洗練された身なりで、物腰がやわらかく、後輩たちの就職活動や仕事にまつわる質問にひとつひとつ丁寧に答えていた。宴《うたげ》が佳境にさしかかる頃には、彼の周りに現役のゼミ生たちの輪ができていた。ことに女子学生が多かった。

帰り際に裕一から連絡先を聞かれ、香澄は喜ぶよりも先に驚いた。余裕にあふれた社会人が、地味であかぬけない三年生になぜ興味を持ったのか、謎だった。後から聞いたところ、食べ散らかされた料理を片づけたり、ごみをまとめたり、それこそ地味に働いている様子が、家庭的で好もしく感じられたそうだ。大勢の集まる場が苦手な香澄は、所在なさをまぎらわそうと手を動かしていただけだったのだが。

「三年かあ。わたしなんか、半年以上おんなじ相手と続いたことないよ」

香澄をひとしきり質問攻めにした後で、栄子はしみじみと言った。

「そんなに長くつきあってたら、結婚の話も出るんじゃないの？」

「いや、全然」

「まあ千葉さんなら、恋愛結婚でもきっと大丈夫だね。判断間違えなさそう」

残念ながら、栄子のこの「判断」は間違っていた。それが明らかになるのは、ずっと先の話だけれども。

あの年、ピタマリーに同期として入社した四人のうち、残っているのは栄子しかいない。出入りの激しい業界なのだ。勤続十八年というのは、グループ全体でも古参《こさん》と呼んでいいだろう。

栄子はあれから経営企画部で長く働き、総務部や広報部を経て、現在は人事部にいる。

「最近も忙しいの？」

前菜に備えて白ワインを注文してくれた栄子に、香澄は聞いてみた。

「まあまあ、かな。今月に入ってちょっと落ち着いた。中途採用で、即戦力になりそうな経験者がとれたから」

「よかったね」

「ちなみに、お宅経由だよ。お世話になりました」

栄子は芝居がかったしぐさで頭を下げた。

「あ、そうなの？　こちらこそ、ご利用ありがとうございました」

言われてみれば、香澄も部内会議でそんな話を耳にした覚えがある。

「うちの担当って誰だっけ？」

「秋田《あきた》さん。すごく行き届いてて、助かってる」

「ああ、秋田さんなら安心だね」

彼とは香澄もときどきやりとりがある。五十代のベテラン社員で、顧客企業の内情にも詳しく、頼りになる。荒川製作所も秋田が担当していて、二宮の年収の交渉でも世話になった。

「ピタキャリの候補者は粒《つぶ》ぞろいでありがたいよ」

含み笑いとともに、栄子はつけ足した。

「さすが、ソフィア様だよね」

ソフィアと栄子の因縁もまた、香澄たちの間で長年語り継がれている笑い話のひとつである。

　これも十八年前、配属先を見直してほしいと栄子はソフィアに直訴《じきそ》したのだった。ソフィアのシステムで行われた適性診断が、新入社員の配属部署を決定する上で、参考情報として活用されていたからだ。

　直訴といっても、当時のソフィアはまだ運用がはじまったばかりで、音声による対話機能も搭載されていなかった。こちらの質問をキーボードで入力しては、画面に表示される回答を読む、いわば一問一答のやりとりしかできず、現在のなめらかな会話とは程遠かった。おまけにしょっちゅうフリーズしてしまい、年輩の社員たちの一部には、やっぱり機械は役に立たないと陰口をたたかれていた。

　入社してしばらく経ったある日、香澄が仕事を終えて帰ろうとしていたら、ふくれっつらの栄子がデスクにやってきた。

「ねえ香澄、これから時間ある？」

　呼び名が千葉さんから香澄に変わったのを除けば、入社式の日とまったく同じせりふだった。そして今度はコーヒーショップではなく、居酒屋にひっぱっていかれた。

「見てよこれ」

　席につくなり、栄子は一枚の紙を香澄に突きつけた。横書きの文章が何行か印刷されている。一番上の行には、伊藤栄子がカウンセラーに向かないと判断する理由、と記されていた。

栄子の申し立てに対する、ソフィアの回答だった。

カウンセラーはなによりもまず、会員の声を真摯《しんし》に拝聴しなければならない。しかしながら伊藤栄子には、自身の意見や信念を他人にもあてはめようとする傾向が見受けられる。すなわち、自らの主観に基づく結論を、相手にも押しつけかねない。以上の考察に鑑《かんが》み、伊藤栄子のカウンセラーとしての適性は低いと判断する。

「ああもう、ほんと悔しい」

顔を赤くして生ビールをがぶ飲みしている栄子の前で、香澄は言葉に窮《きゅう》した。そんなことないよ、と安易に否定はできない。ソフィアは客観的に正しい事実のみを答えるように設計されている。

とはいえ、意志が強いのは栄子の長所だ。誰かの助けになりたいという親切心も、よりよい道へ導きたいという正義感も。しかしその強固な意志や親切心や正義感が、場合によっては相手をのみこんだりひきずったりしてしまうおそれもある、というのがソフィアの見立てなのだろう。

香澄が口を開きかけたとき、栄子がごとんと荒っぽい音を立ててジョッキを置いた。

「あたってるよね？」

心外な指摘を受けて憤慨しているのかと思いきや、違ったようだ。返事をしそびれている香澄の前で、栄子は唇をかんだ。

「あたってるから腹が立つ！」

いったん正しいと納得すれば潔《いさぎよ》く受け入れるところも、栄子の長所だ。

そういうわけで、栄子は無事にソフィアと和解した。その後、有言実行でピタマリーの会員となり、めでたく良縁にも恵まれた。つまり、結婚相手もソフィアを通して見つけたわけだ。

結婚に関しても、栄子の決断は早かった。ふたつ年上の夫と、出会って三カ月で婚約し、半年で入籍した。

それから十五年、話を聞く限り、夫婦仲は悪くなさそうだ。さすが、最高の相性だとソフィアが認めただけのことはある。市役所の職員として働く夫は、よほどのことがなければ定時で帰宅し、家事も育児も器用にこなすという。今晩も父子《おやこ》水入らずで留守番してくれているらしい。ひとり息子はこの春で小学四年生になる。

月日の経つのは本当に早い。なんだか年々早くなっている気がする。


生ハムといちじくとマスカルポーネチーズのマリネと、真鯛《まだい》のカルパッチョを食べ終えたところで、白ワインのボトルが早くも空いてしまった。栄子が店員を呼びとめて、ワインリストを所望《しょもう》した。

「ああ、金曜の夜って最高。生き返る」

グラスをゆらゆら揺らして笑う。店内は相変わらず満席で、夜がふけるにつれていっそう活気が増している。

「来週はまた、がんがん面接入ってるからなあ」

「え？　いいひとが採《と》れたんじゃないの？」

「ひとりだけね。まだまだ求人枠は埋まってないから。御社にも引き続きお世話になるよ」

栄子が首を振った。

「特にカウンセラーが足りなくて。今月また若い子が辞めちゃうし。仕事にやりがいが感じられないんだって。その子、まだ二年目だよ？　一年や二年でやりがい語るの、早くない？　ほんと、最近の若者は」

香澄たちが「若い子」や「最近の若者」といった言い回しをごく自然に使うようになったのは、いつからだろう。はじめのうちは、口にするたびにそわそわしたものだった。言っちゃったね、あっ言っちゃった、と照れ笑いをかわしたのがなつかしい。

「やりがい、ねえ」

若者に限らず、ピタキャリアの会員たちも多用する、決まり文句である。

「ね、香澄もうちに戻ってこない？　昇給昇格、保証するよ」

おどけた口調のわりに、栄子の目は真剣だった。人手不足はそうとう深刻なのかもしれない。

「そういうの、あんまり興味ないからなあ」

香澄にとってのやりがいは、収入や地位ではない気がする。もちろん給料が上がるのはありがたいけれど、現状の生活さえ維持できれば高望みをするつもりはない。肩書に関しては、ないほうが気楽なくらいだ。

「欲がなさすぎるよ、香澄は。先立つものはあるに越したことないって」

そうだね、ひとりぼっちの老後に向けて、などと穏《おだ》やかでない相槌《あいづち》が頭に浮かぶのは、酔いのせいだろうか。

もっとも、そんなふうに自嘲《じちょう》して栄子を困らせるほど酩酊《めいてい》しているわけでもない。ワインのかわりに水をひとくち飲んで、香澄は軽く受け流す。

「だって、誰もバツイチからアドバイスなんか受けたくないでしょ」

ピタマリーを辞めたとき、理由を聞かれればこう答えていた。事実、それは大きな気がかりのひとつだった。会員に対して、個人的な話を進んで明かすわけではないものの、質問されたらうそはつけない。カウンセラー自身が離婚しているなんて、どう考えても縁起が悪いだろう。

「そんなことないって。実はうち、再婚専門の部署も作ろうかって話になってて。需要がどんどん広がってるから。今どき、バツニやバツサンだって珍しくないし」

栄子は一応食いさがったが、これ以上は押してもむだだと察したのか、わりとあっさり話題を変えた。

「香澄のほうは、仕事どうなの？　異動したんだよね？」

「まあ、相変わらず。やってること自体は変わらないし」

「転職市場は盛りあがってるって秋田さんは言ってたけど、実際どうなの？　やっぱり二十代が多いよね？　うちは中堅の、三十代らへんがほしいんだけどな」

「三十代もそれなりにいるよ。ただ、異業界や異業種は難しいかもね」

「そうか、そうだよねえ」

「そういえば昨日、三十八歳の会員さんと会ったな」

宮崎から担当を引き継ぐことになった、三上江利子《えりこ》である。

「三十八か、いいね。ちなみに男？　女？」

栄子が食いつく。

「女」

「ますますいいね。ねえ、うちにどうかな？」

「どうだろ、これまでずっと外資だし、ちょっと雰囲気違うかも」

三上の印象は、宮崎の話から想像していたのとほぼ変わらなかった。理知的でいかにも有能そうな、それでいて華やかな女性だった。これまでの経歴をふまえ、外資系企業の財務部門を中心に、いくつか求人を紹介した。三上は興味深げに求人票を検分して、そのうち二社に応募したいと言った。

面談そのものは、つつがなく終わった。

「千葉さんとわたし、同世代ですよね？　失礼ですけど、おいくつですか？」

最前よりも幾分くだけた口調で話しかけられて、香澄は気をひきしめた。宮崎の失敗を繰り返してはならない。

「わたしのほうが上ですよ。四十です」

二歳差とはいえ、年上でよかったなとひそかに思う。

「え、そうなんですか。同い年くらいかと思ってました」

三上は愛想《あいそ》よく言った。

「担当を代えてもらうなんて、申し訳ない気もしたんですけど、お願いしてよかったです。やっぱり、立場が違うとわかりあえないところもありますし。男性差別をするつもりはないんですけどね」

ふふ、といたずらっぽく微笑んでみせる。

「千葉さんは、このお仕事って長いんですか？」

「十二年になります。わたしも転職組で」

「へえ、そうなんですね。自分もこんな時間にお願いしておいてなんなんですけど、夜が遅くなっちゃいますよね？　ご家族とか、大丈夫ですか？」

「いえ、わたしはひとり暮らしですから」

言葉を選んで、香澄は答えた。三上の笑みが深くなった。

「そこも一緒なんだ、わたしたち」

わたしたち、の一語を、彼女はその後も連発していた。

わたしたちみたいに本気で働いてる女って、なにかと風あたり強いでしょう。男女平等だの女性の活躍推進だのいうわりに、現場の意識は追いついてないし。うちのボスなんて、その典型で。昔に比べれば制度なんかはととのってきたんでしょうけど、そしたら逆に、女ばっかり優遇されて不公平だ、なんて言われるじゃないですか。産休育休も時短もわたしたちには関係ないのに、ほんと、ふざけんなって感じ。はっきり言って、そこらの男よりわたしたちのほうが、仕事はできますよね？

軽《かろ》やかな口ぶりながら、目は据わっていた。

香澄としては、三上に仲間扱いされるのはいささか気がひけた。彼女の仕事にかける情熱も、能力も、香澄のそれをはるかに上回っているはずだ。一方で、同年輩の独身女性として、彼女の鬱憤《うっぷん》も理解できた。親しみを覚えてくれているのに水を差すのももったいないので、謹《つつし》んで拝聴した。

三上のこぼしていた愚痴について話すと、栄子は神妙にうなずいた。

「わかる気がするな、彼女の気持ち。うちは女中心の会社だから、そういうストレスは少ないけど、友達の話とか聞くとぎょっとするもん。わたしも独身だったら、おんなじように考えたかも」

確かに、気質にしても価値観にしても、三上はどちらかといえば香澄よりも栄子に近そうだ。自分の仕事に誇りを持って、精力的に働いている。香澄もいやいや働いているわけではないけれども、ふたりのような勢いに欠けるのは性格ゆえか、それとも、前向きな転職ではなかったせいもあるのだろうか。

「彼女、結婚願望はないのかな？」

「どうかなあ」

「いや、うちにも興味ないかなと思ってさ。ほら、同じビルだし、ピタキャリに来るついでに寄ってもらったら便利じゃない？」

栄子は商売熱心だ。

「バツイチに抵抗なければ、けっこういけると思うよ。そういう、自立したおとなの女性とおつきあいしたいって希望するオジサマ、案外いるし」

「ふうん」

「もちろん、香澄も大歓迎だからね」

テーブル越しに身を乗り出す。

「どう、この機会に？　もう現場には知りあいもいないし、気まずいこともないでしょ」

この機会もなにも、そう持ちかけられるのははじめてではない。ここ何年も男っ気のない香澄に、もう少し異性に目を向けたらどうかと栄子は折にふれてすすめてくる。アルコールが入ったときには、とりわけしつこい。

「遠慮しとく。わたしは結婚願望ゼロだもん」

「平気だって。まずは入会して、いろんなひとと出会うところからはじめなよ」

「あれ？　真剣に結婚を考えていない場合はお断り、って会員規約に書いてなかった？」

香澄が茶化しても、栄子は動じなかった。

「いいの、香澄は特別だから。わたしが責任とる」

責任を、栄子は感じているのだろうか？　十二年前、もし栄子の頼みを断っていたなら、香澄は離婚しなかったかもしれないから？

「責任なんて、そんな」

香澄はグラスに残っていたワインをあおった。

栄子が責任を感じる必要はない。むしろ、香澄は栄子に感謝しなければいけない。あのまま、なんにも知らずに結婚生活を続けていたかもしれないなんて、考えただけでもぞっとする。

四月

会議室にはまだ誰もいなかった。細長いテーブルがロの字に組まれ、その外周に沿って椅子がぐるりと並べてある。入口から一番近い角の席に、香澄は腰かけた。

毎週定例の営業会議は、月曜日の午後一番に開かれる。営業部のほか、キャリアサポート部からも課長二名と部長が出席している。今週は、関西支社に出張中の石川の代理として、香澄が出ることになった。

「おっ、千葉ちゃんやん」

すぐ後から部屋に入ってきたのは、営業部長の奈良《なら》だった。ピタキャリアの創業時に競合他社から引き抜かれ、以来、営業一筋でやってきたという古株である。香澄も営業部時代に、まだ課長だった彼の下で働いたことがある。

「ひさしぶりやな。元気にやっとる？」

「はい。おかげさまで」

奈良は気さくな性格と陽気な関西弁で、年若い部下からも親しまれている。ただし怒らせるとめっぽうこわい。布袋《ほてい》様を連想させる福々しい丸顔が、仁王《におう》の形相《ぎょうそう》と化す。若い頃に比べればまるくなったというのは自他ともに認めるところだが、それでも営業部の部下がどやしつけられているところを時折目撃する。

会議の開始時刻が近づくにつれ、参加者が続々と入ってきた。香澄の隣には福井《ふくい》が座った。ここ数年、キャリアサポート部第二課の課長をつとめている彼女も、香澄にとっては元上司だ。

「最近どう？　もう一課にも慣れた？」

にこにこして話しかけてくる。おおらかな物腰とふくよかな体つきは、頼りがいのあるお母さんという風情《ふぜい》で心強い。福井は実生活においても二児の母で、よほどの緊急事態でない限り、残業も休日出勤もしない。

「ほな、そろそろはじめましょか」

奈良がテーブルを見回して声をかけた。

営業部の長野《ながの》がさっと立ちあがり、ドアを閉めた。彼女は宮崎の同期だから、まだ二十代のはずだ。海外で生まれ育ったそうで、堪能な英語を活かし、外資系企業や日本企業の海外支社の求人を主に担当している。

「部長は来ないんですか？」

香澄は福井に耳打ちした。

「緊急の来客が入っちゃったみたい。まにあえば来るって」

香澄が心細そうに見えたのか、福井はにっこりしてつけ加えた。

「大丈夫よ、なにかあったらわたしもフォローするからね」

香澄が営業会議に参加するのは、これがはじめてではない。営業部の一員だった数年間は欠かさず出ていたし、キャリアサポート部へ異動した後も、今回のように課長のかわりに出席する機会は何度かあった。

しかしながら、会議というもの全般が、香澄は得意ではない。皆の前で発言するのは緊張するし、想定外の質問に答えなければならないのも気が重い。中でも営業会議は、日によってはかなり紛糾《ふんきゅう》するため、心身ともに疲れる。

まず奈良が営業関連の業績数値を手短に報告し、次《つ》いで、求人案件の進捗《しんちょく》確認がはじまった。こちらは、各営業担当者が順に発表していく。

「ほんなら今日は、長野からいこか」

奈良にうながされ、一番手の長野が話し出した。

「まずひとつ、いいニュースがあります。先週末にブンキョーフーズさんから大量採用のお話をいただきました」

室内がざわめいた。飲食店のフランチャイズ展開を主力事業とするブンキョーフーズは、ピタキャリアの取引先の中でも有数のお得意様だ。

「中国支社の開設にあたって、現地に赴任できるバイリンガル人材を幅広く採りたいそうです。職種の詳細は、お手もとのリストをご覧下さい」

会議のはじまる直前に長野から配られた資料に、香澄は目を落とした。ホチキスどめされた、何ページにもわたる一覧表には、顧客企業から預かっている求人ごとの現状が一行ずつ細かい字でまとめてある。書類選考中、面接中、内定、入社、と段階別の人数が列記されている。

もちろん、膨大《ぼうだい》な数のこれらすべてに逐一《ちくいち》言及していたら、いくら時間があっても足りない。担当者は周知しておくべきものを選んで報告する。具体的には、新たに受注した大型案件、前週から大きな変化があった案件、重要顧客にまつわる案件、そして、なんらかの課題を抱えている案件などである。

この、いわば問題案件が、しばしば議論を呼ぶ。

「あと、ワシントン・エレクトロニクスさんのチーフエンジニアが、やっと決まりました」

「おつかれさん。大変やったな。最後までようがんばった」

奈良がねぎらい、まばらな拍手が起きた。ワシントン・エレクトロニクスは選考基準が厳しく、イギリス本社との英語での最終面接も関門となって、紹介できる人材が限られる。一方、外資系だけあって報酬水準は日系競合他社の平均より段違いに高く、従ってピタキャリアの得る手数料も高額となる。

「福井さんたちのおかげです。ありがとうございました」

長野がはにかんだ笑みを浮かべ、こちらに向かって軽く頭を下げた。福井がおっとりと応える。

「いえいえ。給与のこととか入社日のこととか、先方にも柔軟にご配慮いただいて助かりました」

このまま和《なご》やかに進みますように、と香澄が念じたそばから、奈良が口を挟んだ。

「ん、ワシントンは財務にも内定出とるみたいやけど、こっちは？」

老眼鏡を押しあげ、資料をためつすがめつしている。長野が笑顔をひっこめた。

「財務のほうは、残念ながら、内定後に辞退されてしまいまして」

香澄は身を縮《ちぢ》めた。ワシントン・エレクトロニクスからの貴重な内定を蹴《け》ったのは、香澄の担当していた三上江利子である。

「他からも内定が出て、そちらに決めたそうです」

「あれま。うちのお客さんやないとこに？」

「はい、ご本人の個人的なコネクションだそうで」

ピタキャリアを通して転職活動を進めつつ、他の手段を併用する会員もいる。よその転職エージェントも利用したり、知人から働き口を紹介されたり、当然ながら、そちらで内定が出ることもある。最終的にどこを選ぶかは、各社の条件が決め手となるわけで、香澄たちの力ではどうしようもないのだけれど、責任は感じる。

三上が他社の選考状況を香澄にも教えてくれていたのが、せめてもの救いだった。それを長野に伝え、ワシントン・エレクトロニクスにもあらかじめ話を通しておいてもらったおかげで、話はそこまでこじれなかった。

「なんや、惜しかったな。ま、引き続きがんばって」

奈良はそれ以上追及せず、香澄はひとまず胸をなでおろしたが、「千葉ちゃんもよろしくな」と言い添えられて再びぎくりとした。彼のことだから全部お見通しなのだろう。

「ほな次、秋田くんお願い」

香澄は壁の時計に目をやった。会議がはじまって十分も経っていないのに、もう胃が痛くなってきた。


香澄の胃痛が本格的にひどくなったのは、会議の終盤だった。

最後に発表したのは営業部の山口《やまぐち》だ。石川の同期で、肩書も同じく課長である。ふたりがすこぶる仲が悪く、なにかと張りあっているのは、社内の誰もが知っている。昇進の時期や上層部との関係性といったもろもろを考えあわせると、今のところ石川のほうが多少優勢と見られている。

山口自身も、それはうすうす察しているのかもしれない。石川への敵意を募《つの》らせるあまり、キャリアサポート部という組織、特に彼の率いる第一課のことまで敵視してくるので困る。

進捗報告を終えた山口は、もったいぶった口ぶりで切り出した。

「最近、内定辞退が目立ちますよね？」

来た、と香澄はげんなりした。

「もう少し、なんとかならないもんですかねえ。さっきのワシントンなんか、破格の待遇なのにもったいない。かわりに僕が立候補したいくらいですよ」

こういう持って回った言いかたが、山口の十八番《おはこ》である。

そこも石川とは対照的だ。石川は必ず、まっさきに結論をのべる。だらだらと長話をするのは時間のむだだと考えているのだろう。部下に苦言を呈するときも、ぐさりと核心をつき、言いたいことだけ言ってすみやかに去っていく。鋭い錐《きり》で急所をひと突きするようなものだ。対して山口は、細い針でちくちく刺すように嫌味を繰り出す。どちらも痛いことに変わりはないけれど、日々石川のもとで働いているせいか、山口の話はどうもまどろっこしく感じられる。

口を開きかけた香澄を目で制し、福井が穏やかに反論した。

「うちの部でも、できる限り努力はしているんですよ。でも、最終決定をするのはあくまでご本人ですから。こちらの意向を無理に通すわけにもいきません」

「だけど、営業の身にもなって下さいよ。待ちに待った内定が出たと思ったら、もう他に決まりました、って断られる。そりゃもう、がっかりですよ。お客さんだって気分が悪いですよね。そういうことが続いたら、信用問題にもなりかねない」

山口はねちねちと言い募り、香澄の顔をじろりとにらんだ。

「こないだのあれだってそうでしょ、ほら、豊島《としま》物産の」

豊島物産は輸入家具を扱う中堅の商社で、一年前に社長の不祥事が大々的に報道されて以来、転職市場でも人気を失った。経営陣が交代して業績は持ち直してきたし、退職者が多いせいか求人の職種も豊富なので、香澄も何度か会員に紹介してみたが、敬遠されることも多かった。

「先方の人事部も弱気になっちゃって。うちなんかには誰も来てくれないんじゃないか、ってね。だけど、トップも総入れ替えして、心機一転がんばってる。今後のために、新しい人材を必要としてるんです」

山口から最初にそう聞いたときには、香澄にも採用担当者の心労がしのばれ、反省もした。が、何度も何度も同じことを繰り返されては、食傷ぎみにもなってくる。

「みんな、真剣なんだから。入る気がないんだったら、そもそも応募しないでもらいたいんだよな。先方にも失礼ですよ」

入る気はあったのだ。タイミングさえ合っていれば。

言い返しかけて、思いとどまる。山口に手間をかけさせたのも、先方を落胆させてしまったのも、事実なのだ。


豊島物産の管理部に応募した四谷正憲《よつやまさのり》は、とにかくあせっていた。初回の面談では、挨拶をかわすのもそこそこに、机に額《ひたい》をぶつけそうな勢いで頭を下げてみせた。

「お願いです。一日でも早く、就職させて下さい」

彼はつい三日前まで、豊島物産と同じくらいの規模の、加工食品の輸入商社の管理部門で働いていた。勤続二十五周年を迎えようとしていたその会社が、業績不振によって倒産したのだった。

「お急ぎなのはわかりました。ただ、そんなにあせらないほうが……」

香澄はなだめた。四谷自身に非はないわけだし、失業手当ももらえる。長年慣れ親しんだ職場を突然失って動転するのも無理はないけれど、まずは冷静になったほうがいい。

「あせりますよ」

四谷はせっぱつまった声でさえぎった。目が充血していた。

「わたしは家族を養わなきゃいけないんです。妻は専業主婦です。下の子はまだ幼稚園ですし、上は私立の中学に上がったばかりで、学費もばかになりません。家のローンもまだ残っています。早く仕事を見つけないと、四人で路頭に迷います」

ひと息に言いたてられ、香澄は口をつぐんだ。

四谷はたぶん、胸につかえている不安を正直に吐き出したにすぎなかったのだろう。香澄を詰《なじ》るつもりも、突き放すつもりもなくて、窮状を訴えたかっただけなのだろう。けれど、香澄はなにも言えなくなってしまった。お前にはわからない、と言われたような気がした。そしてまた、そのとおりだ、とも思った。養うべき家族を持たないわたしに、彼の抱える苦しみも焦燥《しょうそう》もわかりっこない。

「承知しました。至急、求人の状況を確認します」

「助かります。よろしくお願いします」

四谷はまた深々と頭を下げた。

四十八歳という年齢も考慮すると、これまでと同じ業種や職種がよさそうだ。香澄はソフィアとも相談し、条件に合う数社を選んだ。豊島物産はそのうちのひとつだった。

翌日に会ったときには、四谷もだいぶ平常心を取り戻していた。豊島物産にも特段悪い印象はないようで、社長が代わって一安心ですね、社員も気の毒でしたよね、とむしろ同情していた。三度の面接を順調に終え、めでたく内定が出た。香澄はいそいそと彼に連絡した。

電話の向こうで、四谷はしばらく沈黙していた。その不自然な間を、感極まって言葉が出てこないのだろうとのんきに解釈した香澄は、おめでとうございます、とあらためて繰り返した。

おめでたいのは、こっちのほうだ。

その前日に、別の会社から内定をもらったのだと聞かされて、今度は香澄が言葉を失った。なんでも、妻の遠い親戚が口を利いてくれたらしい。包装資材を作っている小さな会社に、工場勤務の事務職として採用されたという。

「そこに入社するともう約束してしまったんです。お手数をおかけしたのに、本当に申し訳ありません」

四谷は平謝りしていた。香澄は気を取り直して、言ってみた。

「でも、せっかくこちらも内定が出たわけですから。二社の条件を比較して、もう一度ご検討いただけませんか？」

「いや、そういうわけには」

四谷は弱々しく答えた。

「条件の問題じゃありません。若くもない、業界の知識も経験もない、こんなわたしを拾ってくれると言ってもらったんです。もう、感謝しかありません。今さら断るなんて、とてもとても」

そこまで言われてしまっては、あきらめるほかない。山口の話では、豊島物産の面接官は、四谷のまじめで誠実な人柄をほめていたらしい。皮肉にも、その人柄が裏目に出てしまったようだった。

山口にも、すぐさま事情を報告した。

「決める前に、ひとこと相談してくれればよかったのに」
彼はうめいた。まったく同じことを、香澄も考えた。

「昨日の晩に、向こうの社長に呼び出されて、ふたりで食事をしたそうです。そのときに、今ここで返事がほしいと迫られたらしくて」

時間の猶予《ゆうよ》さえあれば、四谷も香澄に連絡をくれただろう。先方は、外野からのよけいな口出しを避けるために、あえて決断を急かしたのかもしれない。ここで断って他もだめだったら、と四谷が気弱になるのも、ひょっとしたら計算の上で。

「卑怯でしょ、相手の弱みにつけこんで言質《げんち》をとるなんて。中小企業って、やくざな社長がたまにいるんだよなあ」

山口はしきりに嘆《なげ》いていた。やくざというのはちょっと言いすぎにしても、強引なやりかたではある。ピタキャリアを通して内定がとれた場合は、こんなふうに即断を強要されるなんてことは、まずない。ないようにしている。企業とのかけひきは、キャリアアドバイザーや営業の仕事だ。

でも、どんなに憤慨しても、もう遅い。四谷は今月からその会社で働きはじめているはずだ。

「あの件では山口さんにもご迷惑をおかけして、申し訳ありませんでした」

謝るのは、これでもう何度目になるだろう。

「ま、そちらの課長の方針なんでしょうけどね、入るつもりのない会社でも経験がてら受けさせるっていうのは。内定が出れば自信もつくし。でも、練習台にされるほうはたまったもんじゃない」

山口が本当に非難したいのは、香澄というより「そちらの課長」なのかもしれない。

石川は会員に、志望度の低い企業から面接を受けさせる。山口の言うとおり、場数を踏んで質疑応答に慣れ、来《きた》るべき第一志望の選考に備えるのが目的だ。

石川の理屈によると、単なる練習というわけでもない。面接を通じてその企業に魅力を感じれば、志望度は上がる。企業の側も、練習台で終わりたくないのなら、挽回の余地はあるのだ。会社の特長を訴えるもよし、経営計画を語って期待を盛りあげるもよし、好待遇を約束して誘うもよし、逃したくない逸材に出会えたとしたら、逃さないように手を打てばいい。

面接は、個人が企業に選ばれる場であると同時に、企業を選ぶ場でもある。双方がその機会を存分に活かさねばならないと石川は説く。担当している会員に対しても、部下に対しても。

「キャリアアドバイザーの皆さんには、会員様のご満足が一番大事ですもんね。こっちの苦労なんて、知ったこっちゃないよな」

皮肉たっぷりに言う山口を、奈良がたしなめた。

「まあ、そないにかりかりしなさんな。会員さんも、会社さんも、大事なお客さんや。アドバイザーも営業も、お客さんに喜んでもらえるように、一生懸命働いとるんやろ」

同じ会社でも、キャリアサポート部と営業部で微妙に感覚がずれているのは否《いな》めない。山口に限らず、営業部では、顧客企業の支払ってくれる報酬がわが社を支えているのだと考えるふしがある。片やキャリアサポート部にしてみれば、その報酬を受けとれるのは転職に成功した会員のおかげだという意識が強い。

「けどな、言われたとおりにただ動くだけやったら、おれらはなんのためにおるねんっちゅう話になるわな」

座っているひとりひとりを見回して、奈良は続ける。

「お客さんたちの間におれらが立ってる意味を、よう考えな。そしたら、やることも自然と見えてくる」

その日最後に入っていた仕事は、一ノ瀬慎との面談だった。

彼と会うのはもう五度目になる。ここのところ、書類選考の合格率はじりじりと上がってきたが、いまだに一次面接は突破できていない。

「一ノ瀬さんは、弊社以外でも活動されてるんですか?」

求人票を読んでいる一ノ瀬に向かって脈絡のない質問をしてしまったのは、まだ営業会議の一幕が心にひっかかっていたせいだろう。

三上に対しては、やれるだけのことはやったと思う。適切な求人を紹介し、応募手続きを進め、外部の選考状況も把握していた。彼女自身も、それ以上の手助けを必要としていなかった。入社すべき一社を自ら選び、香澄には事後報告をよこした。

香澄もあわてず騒がず、おめでとうございますと応えられた。全力を尽くしたと胸を張れるほどの貢献はできなかったにしても、最善は尽くした。ピタキャリア経由で話をまとめられなかったのは残念だけれど、条件面でも順当な結論だったし、三上ならその新しい職場で活躍できそうだった。

しかし四谷の場合は、どうだろう。全力を、もしくは最善を、尽くしたといえるだろうか。

もし、香澄が四谷ともっと強い信頼関係を築けていたら。ピタキャリア以外での転職活動の状況をちゃんと聞き出せていたら。たとえ内定が出たとしても、あわてて入社を確約しないように、と釘を刺せていたら。

わたしには、彼の気持ちはわからない――初対面での、あの痛烈な印象が、香澄の胸の底にくすぶっていたのかもしれない。えらそうなことは言えない。わかったようなふりはできない。遠慮が先に立ち、詮索も干渉もはばかられた。豊島物産の面接が首尾よく進み、そちらに気をとられていたのもよくなかった。

「カツドー？」

一ノ瀬は一瞬けげんそうに眉を寄せてから、ぶるぶると首を振った。

「いや、してません、してません」

「あの、ええと、違うんです。責めてるわけじゃなくて。してるならしてるでいいんですよ、別に」

香澄はあたふたと言った。これでは意味が通じないだろう。話すときには要点をしぼって端的に、と会員たちにはつねづね念を押しているくせに、情けない。

一ノ瀬が再び求人票に目を落とし、またすぐに顔を上げた。

「おれ、他にもなんかやったほうがいいですか？」

「え」

今度は香澄がぽかんとした。

「面接、全然通らないし。このまんまじゃ、いつまで経っても転職できないかもしれないし」

頬をうっすらと赤らめ、ふてくされたように口もとをゆがめている一ノ瀬の顔に、香澄はまじまじと見入った。

こうして眺めてみると、一月にはじめて会ったときとは少しばかり印象が違う。

あの日、香澄は一抹《いちまつ》の不安を覚えた。本当にやる気があるのかと疑った。これまでに面接を受けた企業が彼に下した評価も、その懸念に通じるものがあった。どうしても当社で働きたいという熱意が感じられない、受け身な印象を受ける、弊社で積極的に活躍する姿がイメージしづらい、云々《うんぬん》。

しかし思い返してみれば、この三カ月間で一ノ瀬は少しずつ変わっている。提出書類の完成度が上がり、口数も増え、応募先の企業や求人票の内容について進んで質問してくるようにもなった。

一ノ瀬にやる気がないわけじゃない。ただ、面接の場で、そのやる気を十分に伝えきれていないだけだ。

「他ではなにもやらなくていいです」

香澄は言った。もうひとがんばりだ。一ノ瀬はゆっくりと、でも着実に前へ進んでいる。

「うちで、やりましょう」

一ノ瀬がきまじめな顔つきでうなずいた。


面談の後、香澄は一ノ瀬をエレベーターホールまで送っていった。エレベーターのドアが閉まるまで、おじぎして見送る。

オフィスに引き返そうとして、息をのんだ。

受付の手前にひっそりと立っている、ひょろりと背の高い中年男に、見覚えがあったのだ。今日は四谷のことばかり考えていたせいで、よく似た他人を見間違えてしまったのかととっさに思ったけれども、そうではなかった。

「千葉さん、おひさしぶりです」

彼はすがるように香澄を見つめ、一歩踏み出した。朝晩はまだ肌寒い季節だというのに、広い額にびっしりと汗をかいている。

さっきまで一ノ瀬と話していた部屋に、香澄は四谷を招き入れた。

「今日、会社を辞めたんです」

開口一番に言われて、絶句した。

四谷がたった一週間で辞職したのは、雇用条件が事前に合意したつもりだった内容と大幅に異なっていたからだった。年収が前職の三分の二以下に減ってしまう上に、社会保険さえ完備されていなかったらしい。

「面接では、給与はこれまでと変わらないレベルでお願いしたいと伝えました。その場では断られなかったので、てっきり受け入れてもらえたと理解していたんですけど」

四谷は声を震わせた。

「なにかの間違いだと思って社長に聞いたら、うちみたいな零細企業でそんな額は出せっこない、って平然と言われて。話が違うって食いさがっても、希望は希望として聞いただけで、約束はしてないって一点張りなんです」

香澄は唖然《あぜん》とした。ピタキャリアではありえない話だ。内定先には、必ず雇用条件を書面で提示してもらう。そもそも、口約束で契約内容をごまかすような、いいかげんな企業とはつきあっていない。

「今さらのこのこ顔を出すなんて、本当にお恥ずかしい限りです。でも、他には誰も頼れるひとがいなくて」

四谷が額の汗を拭いた。真っ白なハンカチに、ぴしりとアイロンがかかっている。妻がかけたのだろうか。夫がこんな苦境に立たされて、彼女もどれほど心を痛めていることだろう。

「とんでもない。ご相談いただけてうれしいです」

ハンカチを握りしめてうなだれている四谷に、香澄はそっと声をかけた。

「また前のように、求人をいくつか紹介させていただきます」

少しお時間をいただければ、と言いかけてやめた。

新たに調べ直す必要は、あるだろうか。豊島物産の管理部の求人は、依然として採用が決まっていないようだった。少なくとも、今日の営業会議の時点では。

先方がどんな反応をするかはわからない。今さら虫のいいことを、と不興を買ってしまうかもしれない。でも、彼らも一度は四谷を高く評価したのだ。事情を説明して頭を下げれば、再考してもらえる余地はあるかもしれない。

その可能性に、賭けてみてはどうだろう。山口も向こうの心証を気にしそうだが、辛抱強く説得しよう。さんざん嫌味を浴びせられてもがまんしよう。先方に謝罪するなら、香澄も同行したっていい。

「ひとつ、ご提案させていただけますか」

香澄は言った。四谷の瞳にひとすじ光がさした。

五月

はじめて降りる駅だった。

改札を抜けると、こぢんまりとしたロータリーに出た。五月晴《さつきば》れの青空がばかに広く感じられるのは、都心のような高い建物がないからだろうか。道の先には田畑の緑が目立ち、その向こうになだらかな山なみがひかえている。

ロータリーの反対側に喫茶店の看板を見つけて、香澄は足を踏み出した。

急ぐ必要はない。時間にはまだまだ余裕がある。知らない場所を訪れるとき、香澄は決まって早く着きすぎてしまう。遊びの約束でもそうなので、仕事の用であればなおさらだった。

店内は、狭い間口から予想したよりも奥ゆきがあった。飴《あめ》色のカウンターも、いくつか並んだテーブルと革のソファも、ずいぶん年季が入っている。他に客の姿はない。入口に近い窓際の席を選び、テーブルを挟んで向かいあわせに据えられたソファの、手前のほうに腰かける。

メニュウと水を運んできた店員に、待ちあわせなので注文は後にしてほしいと頼んで、ひと息ついた。かばんから大判の茶封筒を出す。ピタキャリアの社名が隅に小さく入っている。中の書類を確かめ、封筒ごとテーブルの端に置く。

窓から閑散としたロータリーが見渡せる。タクシーが一台停まっているきりで、人影はない。曇《くも》ったガラス越しにさしこんでくる陽ざしが、スポットライトのように封筒を照らしている。

約束の十二時に数分遅れて、五味佳乃《ごみよしの》は店にやってきた。首からぶらさげたIDカードには、テレビコマーシャルでもよく見かける、太陽をかたどったロゴマークが入っている。彼女が勤めているのは、国内有数の化学メーカーである中野《なかの》化成だ。

「お待たせしてすみません」

五味は恐縮したおももちで、香澄の向かいに腰を下ろした。ふだんの面談では、会員が会議室で待っているところへ後からアドバイザーが入室するから、なんだか勝手が違う。

「わたしもさっき来たところです。お仕事中にお時間いただいて、ありがとうございます」

通常、会員とはピタキャリアの会議室で会う決まりになっている。これまでは五味にもオフィスまで来てもらっていた。ただし例外的に、こちらから出向く場合もある。今回は、早急に会って話がしたかったので、五味の昼休みに合わせて職場のそばまで足を運んでいる。

「こちらこそ、わざわざこっちまで来ていただいて助かります。遠かったでしょう？」

「いえ、思ったより時間はかかりませんでした」

乗り継ぎがうまくいったおかげで、会社を出てから一時間も経たずに、香澄は郊外の町に到着できた。五味の所属するヘルスサイエンス事業部の研究施設が、この近くにあるのだ。

ふたり分のサンドイッチとコーヒーを注文し、店員がカウンターの奥にひっこむのを待って、香澄は居ずまいを正した。

「このたびは、内定おめでとうございます」

この言葉に対する反応は、会員によってさまざまだ。歓喜を隠せずに破顔する者、深い安堵《あんど》の息を吐く者、お世話になりましたとかしこまって頭を下げる者、中には感激して涙ぐむ者もいる。

五味は、そのいずれでもなかった。

「ありがとうございます」

静かな微笑をたたえて、言う。声音もまた静かだった。

香澄は封筒から雇用条件の記された書面を抜きとり、五味に差し出した。内定先のコート・バイオメディカル社は、九州の製薬会社である。主に後発医薬品、いわゆるジェネリック薬の開発を手がけている。

「最終面接のときにお話があったとおりだそうです」

と前置きして、主な項目を口頭で順に確認していく。配属先、研究開発本部。入社日、七月一日。勤務地、福岡県福岡市。

転職にあたって絶対に譲れない条件は、誰しもある。キャリアアドバイザーはそれをしっかり聞き出し、把握しておかなければならない。優先順位があやふやなまま活動を進めたり、軽々しく妥協したりすると、のちのち後悔の種になりかねない。

五味にとって最も大事な条件は、勤務地だった。

彼女の夫も、中野化成で研究員として働いている。担当領域は妻と違い、高機能マテリアル事業部で電子材料の開発に携わっているという。高機能マテリアルだの電子材料だのといわれても、門外漢の香澄にはさっぱりぴんとこないが、とにかくその分野に特化した研究所が、福岡市の近郊に新設されたそうだ。東京を含めた関東圏の数カ所に散らばっている高機能マテリアル事業部の研究開発機能を、そこへ集約させる計画らしい。

研究所の本稼働に先立ち、夫が転勤の打診を受けたのが、半年前のことだった。妻の異動先も用意できると人事部は言った。ただ、ヘルスサイエンス事業部の研究拠点は東京にしかない。福岡で扱う高機能マテリアル関連の技術は、彼女にとっては専門外なので、研究職に就くのは難しい。そのかわり、市内にある九州支社勤務の事務職か営業職であれば、受け入れが可能だという。

「でも、わたしは研究職で働きたいんです。そのつもりで就職したわけですし、自分が事務や営業に向いているとも思えません」

初回の面談にやってきた五味は、悲しそうに言った。

「福岡市の近くで、研究職の仕事ってありますか？」

もちろん、ある。中野化成に匹敵するほどの大企業でなくてよければ。

五味もそれはわかっていたようで、ぜいたくは言わないと明言した。夫が異動する夏頃に合わせて入社したいという希望をふまえ、春先から本格的に転職活動をはじめた。香澄はすでに一課へ異動してしまっていたけれど、引き続き担当することになった。他にも二社の内定が出た中から、よりおもしろい研究ができそうだという理由で、彼女はコートーを選んだ。

香澄が説明を終えた後も、五味は雇用条件の紙面に目を落としている。

「気になる点があれば、なんでも質問して下さい。給与については、現状維持が難しくて申し訳ないと先方もおっしゃっていました」

彼女の顔色をうかがいつつ、香澄は言い添えた。コートーの給与水準も、似たような規模の中小企業と比べたら決して悪くはないが、中野化成にはやはりかなわない。

「かまいません。それは最初からわかっていたことですし」

五味はためらいなく応えた。

「では、問題ないと先方にお伝えしておきますね。入社の手続き関連の書類は、後日、ご自宅宛てに郵送されます」

テーブルにサンドイッチが運ばれてきた。五味が書面を裏向きにふせた。

「これは、わたしがいただいていいんですか?」

「はい。よかったら、封筒に入れてお持ち下さい」

封筒を渡そうとして、香澄は失策に気づいた。

「すみません。これ、うちのロゴが入っちゃってますね」

「え?」

「困りますよね、その、会社の方に見られたりしたら」

転職活動は、現在の勤め先には知られないように進めるのが鉄則だ。エージェントの封筒を抱えて職場に戻るのはまずい。

「ああ、かまいません。転職のこと、研究所の同僚はもう知ってるので」

こともなげに言われ、意表をつかれた。半年つきあってきて、五味の思慮深く奥ゆかしい性格には好感を覚えていた。無事に内定が出たといっても、早々と職場で言いふらすなんて、彼女らしくない。

「実は、福岡のことが発表されて以来、周りもずっと心配してくれてたんですよ」

五味は言った。事情が事情なのでやむをえないとはいえ、夫の都合でキャリアを犠牲にせざるをえなくなった同僚に、皆が同情的なのだという。

「せっかく今までがんばってきたのにって、悔しがったり怒ったりしてくれて。それで、転職のことも応援してくれてるんです。やっぱり研究職を続けるべきだって。もともと、ヘルスとマテリアルがあんまり仲よくないっていうのもあるんですけどね」

それにしても、そんなふうに味方になってもらえるのは、五味が社内で愛されているしるしだろう。

「いい職場ですね」

そこから去ると決意したばかりの彼女に言うべきではないだろうせりふを、香澄はつい口にしてしまった。五味がなんともいえない顔をして、目をふせた。

「つきあいも、長いので。うちの部門って異動がほとんどないんです。わたしは入社してまだ六年ですけど、定年までここの研究所にいるひとも多くて。先輩から仕事を教わって、一人前になったら、今度は後輩に仕事を教えて……わたしもそうなるんだろうなって思ってたんですけど……」

声が尻すぼみに小さくなっていく。

「うちの上司なんて、だんなを単身赴任させてこっちに残れば、なんて言うんです。でも、期間が決まってるならともかく、この先ずっと別居するわけにもいかないし」

香澄はなんとも相槌を打ちかねて、コーヒーをひとくち飲んだ。

「ごめんなさい」

五味が口調をあらため、ぱっと顔を上げた。

「わたし、なんだか後ろ向きなことばっかり言っちゃってますね」

「いいえ」

五味はかなり腹が据わっているほうだと思う。同じように、夫の転勤のせいで不本意ながら転職しようとしている女性会員を、香澄は何人か担当したことがある。家族も友達もいない土地に引っ越すなんて不安だと泣かれたり、女だけががまんしなきゃいけないなんて不公平すぎるとやつあたりされたりもした。確かに、妻の転勤に合わせて転職したいという男性会員には、一度もお目にかかったことがない。

「五味さんなら、新しい会社でもご活躍いただけると思います」

かろうじて、言い足した。ありがとうございます、と五味がにっこりした。

「矛盾してるみたいだけど、内定をもらえたことは本当にうれしいんです。これで覚悟も決まりました」

丁寧な手つきで、書類を封筒にしまう。

喫茶店の前で五味と別れて、香澄は帰途についた。

上りの電車はがらがらに空いていた。座席に腰を下ろし、単調な揺れに身を任せる。窓の外には、これといった特徴のない、のどかな景色が広がっている。

わたしだったら、どうするだろう。

会員と向きあっていると、折にふれて頭に浮かぶ疑問だった。特に、同性だったり同世代だったり、立場が近ければ近いほど、わが身に置き換えて自問してしまいがちだ。五味とは年齢がひと回りも離れているのに、いつにもまして考えさせられるのは、現在ではなく過去の自分と重なってしまうからだろう。

香澄が転職したのも二十八歳のときだ。発端が夫だったというところも、似ている。もっとも、それ以外の部分はまったく異なる。五味は結婚生活を維持するために、転職を選んだ。一方香澄は、結婚生活が破綻《はたん》したあげく、仕事も続けられなくなってしまったのだ。

話がある、と栄子から呼び出されたのは、香澄が二十八歳を迎えた翌月のことだった。

「モニター、やってもらえない？」

経営企画部は渉外《しょうがい》業務も担当していて、つきあいのある企業からそういう依頼がよく舞いこんだ。生活用品や家電、化粧品など、結婚適齢期とされる女性に向けた商品が多く、香澄も何度か協力していた。

「いいよ。なんの？」

香澄は気軽に受けた。内心、拍子《ひょうし》抜けしていた。できるだけ早く会って話したいと言われて、もっと深刻な相談かと身構えていたからだ。

「今までのとは、ちょっと毛色が違うんだけど」

栄子は声をひそめた。

「実は、興信所なの」

表向きには公表していないが、ピタマリーはとある興信所と提携関係にあるらしかった。ひと昔前までのようにおおっぴらには言われなくなったけれど、まだ香澄の親くらいの世代では、結婚前には相手の出自を徹底的に確かめるべきだと考える家庭が根強く残っていたのだ。

この身元調査は、時に騒動を引き起こす。結果を受けて親が反対するばかりでなく、勝手に調べたという事実が相手方に露見してもめる場合もあった。無理もない。こっそり身辺をかぎ回られて、快く感じる人間はいない。香澄が担当していた女性会員のひとりも、それで破談になったことがあった。母親の雇った探偵が、調査の途中で婚約者本人に勘づかれ、両家を巻きこむ騒ぎになったのだ。当人たちにはなんの責任もないのに、話がこじれにこじれて結局だめになってしまった。

とはいえ、やめたほうがいいと諫《いさ》めても、やる親はやる。あるいは、交際相手に不審な点を見つけてしまい、どうしても事実を知りたいと思い詰める会員もいる。それならせめて、調査対象に気《け》どられず仕事を完遂できる、腕の確かなところを利用してほしい。

「で、信頼できる興信所をうちで選んで、希望者に紹介してるの」

と栄子は言った。

「二、三年前からかな。プレミアムコース限定のオプションサービスだから、社内でもほとんど知られてないけどね」

プレミアムコースというのは、「ハイスペックな男性と出会いたい女性向け」と銘《めい》打ち、好条件の男性会員のみを選《よ》りすぐって紹介する特別コースである。通常のコースとは会費が一桁《けた》違い、カウンセラーも腕利きばかりが選抜されている。

「それが、予想以上にニーズがあって、提携先を増やそうってことになって。目星はついてるんだけど、念のためお手並みを拝見したいの」

いわば採用試験として、内輪《うちわ》の人間の――正確には、内輪の人間の配偶者もしくは婚約者の――調査を任せたいのだという。

「部内ではなかなか適任が見つかんなくてさ。難しいんだよね、これって会社の機密事項だから口が堅くなきゃだめだし、もとから仲の悪い夫婦だと、下手《へた》に証拠おさえて家庭崩壊しちゃっても困るし。その点、香澄のとこなら安心じゃない？」

当時、香澄たちの結婚生活は丸三年にさしかかろうとしていたが、けんからしいけんかはほとんどしたことがなかった。年齢差による余裕もあってか、裕一は万事において鷹揚《おうよう》だったし、香澄のほうもさほど自己主張が強いわけでもない。

「人事やソフィアも賛成してくれてるんだよ。ここだけの話、香澄はけっこう期待されてるから。派手じゃないけどいい仕事する若手だって。ゆくゆくはプレミアムコースを担当してもらうだろうし、実情を知っとくのはいいかもって意見もあって」

思いがけずほめられて、香澄は喜ぶというより面食らった。

「でもそれ、裕一に内緒でやるってことだよね？」

急な話で頭は混乱していたけれど、どちらかというと気が進まなかった。無断で身辺を調べるなんて、裕一に悪い。

「裕一さんに迷惑はかからないよ。約束する。もちろん、調査結果を見るのも香澄ひとり。正確だったかどうかだけ教えてくれればいい」

考えこんでいる香澄に、栄子はたたみかけた。

「まあ、香澄の気持ちもわかるけどね。わたしも最初は迷ったもの。でも、会員さんたちの役に立てるわけだし、やってよかったよ」

「えっ。栄子もモニターやったの？」

「うん。ほら、誠治《せいじ》のあれ、興信所のおかげでわかったんだよ」

そういえば、夫のキャバクラ通いが発覚したと言って、栄子は激怒していた。

「ていうか、調べる前からわりと挙動不審だったんだけどね。あいつ、うそつくの下手すぎるし。ちょうどモニターの話が出たから、立候補したの」

友達に誘われて興味本位でつきあっただけだと本人は必死に言い訳したらしいが、潔癖《けっぺき》なところのある妻の怒りはおさまらなかった。土下座して謝らせ、もう二度と行かないと誓約書まで書かせたということまでは香澄も聞いたものの、興信所が一枚かんでいたとは知らなかった。

「あれ？　よけいに気が乗らなくなっちゃった？」

栄子は気遣わしげに香澄の顔をのぞきこんだ。

「裕一さんは大丈夫だって。あんなに完璧なだんなさん、会ったことないもん」

なぜ承諾する気になったのか、あれから香澄は何度も考えた。

栄子の押しが強かったから？　過干渉な母親と無能な探偵のせいで愛する婚約者に見放

された、気の毒な女性会員の涙を思い出したから？　かたくなに拒絶するのは、すでにモニターを引き受けた栄子のことを否定するようで気がひけたから？　迷惑はかけないと保証してもらえたから？　カウンセラーとしての働きを認められて、まんざらでもなかったから？

裕一を信じていたから？　あるいは、無意識のうちに、心のどこかで裕一を疑っていたから？

たぶん、その両方だったのだろう。香澄は裕一を信じていた。だから、疑い――という言葉は重たすぎる。ちょっとした違和感、もしくは気がかり――を早く晴らして、すっきりしたかった。

その少し前に、珍しく夫婦の間でささやかな口論があったのだ。

二月上旬の週末、面談の予定がたまたま続けてキャンセルになり、香澄は二日連続で休みがとれた。年末年始やお盆のような大型の休暇を除けば、数カ月ぶりだった。

その頃、裕一とふたりで休日を過ごせる機会はめったになかった。ピタマリーでは土日に相談が集中する。カウンセラーの中には、週末に出社し、平日に代休をとる者も多かった。香澄は独身時代、裕一と会う時間を死守するために休日出勤を避けていたけれど、結婚してからは断りづらくなった。同じ家で生活しているのだから、休日でなくても顔は見られる。話もできる。裕一も文句は言わず、ひとりで楽しく週末を過ごしているようだった。仕事がらみの集まりや、接待のゴルフが入る日もある。少なくとも香澄はそう聞かされていた。

そんなわけで、夫婦水入らずでのんびりできるのはひさしぶりだった。香澄はすっかりうれしくなって、裕一を誘ってみた。

「今度の土日、一泊でどこか行かない？　温泉とか」

「え、土曜は仕事じゃないの？」

裕一は目をまるくした。

「休みがとれたの」

「そうか。でもごめん、土曜はもう飲みにいく約束しちゃったよ」

「それって動かせない？」

まだあきらめきれず、香澄は重ねてたずねた。

「ちょっと無理だなあ。前から決まってたことだし」

「そっか。残念」

しぶしぶ言ったものの、はたと思いついてさらに聞いてみた。

「誰と飲むの？　わたしも一緒に行っちゃだめ？」

裕一は困ったように眉根を寄せた。

「それはちょっと。会社の取引先なんだよ。そこまで親しいわけじゃないし、仕事の話もするだろうし」

「そうだよね、ごめん」

今度こそ香澄はひきさがった。身勝手な主張をしてしまったのが恥ずかしかった。日頃は仕事を優先させているくせに、都合のいいときだけかまってもらいたがるなんて、虫がよすぎる。

「いや、こっちこそごめんな。じゃあ、日曜はどこか出かけようか」

裕一も口調を和らげた。いつもどおりの、やわらかい声音に戻っていた。

ごくまれに起こる夫婦の諍《いさか》いは、そのように収束するのが常だった。香澄がなにか間違ったことをしでかしても、裕一はあからさまに怒ったり感情的に責めたりしない。なにげない態度や声色で、やんわりと妻に反省をうながすのだ。

そう考えれば、香澄が見過ごしていただけで、あれ以前にも予兆はあったのだろうか。青天の霹靂《へきれき》だとおののいたけれども、もっと早く異変に気づけたはずだったのか。頭上に広がる空は晴れわたっていても、注意深く耳をすませば、かすかな雷鳴を聞きとれたのかもしれない。不穏な風のざわめきや雨のにおいも、感じとれたのかもしれない。

車内放送で、香澄ははっとわれに返る。

いつのまにか、周囲の空席は埋まっていた。立っている乗客も少なくない。車窓のみずみずしい新緑も、四角いビルが立ち並ぶオフィス街のくすんだ灰色に塗り替わってしまっている。

電車がゆるやかに速度を落とした。会社の最寄り駅だった。立ちあがろうとしたが、足に力が入らない。

裕一のことを考えるたび、香澄はこうなる。恨んだり憎んだりする時期はもう過ぎたし、未練や執着があるわけでもなく、ただただ途方もない無力感に襲《おそ》われる。だだっ広い荒野の真ん中で、どしゃぶりの冷たい雨に打たれてずぶ濡《ぬ》れになっているような。

降りたくないな、と唐突に思う。このまま電車に乗って、どこまでも遠くへ行ってしまいたい。

けれど結局、香澄は重い足をひきずって電車を降りた。

しかたない。そういう性分なのだ。香澄がもしも衝動に任せてなにもかも放り出せるような人間だったら、今ここにいることもなかっただろう。

直帰してしまいたい誘惑もおさえ、会社に戻った。五味が内定を承諾した旨を、先方に早く報告しておいたほうがいい。コートー・バイオメディカルの営業担当は秋田なので、彼を通して連絡を入れてもらうことになる。

秋田と話した後、ソフィアのブースに寄って、外出前に面談した新規会員に紹介する求人を検索した。ついでに五味の件も伝える。

「五味さん、コートーの内定を受けるって」

「そのようですね。つい先ほど、営業部からデータの更新が入りました」

「ありがとうね、いろいろと」

「勤務地の条件さえなければ、もっと魅力的な求人もご紹介できたのですが」

この案件を扱いはじめた当初から、ソフィアは釈然としない様子だった。

現職にとどまることが五味にとって最善だというのが、ソフィアの見解なのだ。中野化成からコートー・バイオメディカルへの転職は、合理的ではありません。給与、福利厚生、労働環境、いずれの点においても中野化成のほうが優れています。

「でも、ご主人が福岡に行かなきゃいけないからね」

「彼がひとりで行けばいいでしょう」

「彼女は別居したくないんだって」

「では、ふたりとも東京に残って、ご主人のほうが転職すべきです」

ソフィアはぴしゃりと断言する。

「首都圏であれば、福岡に比べてはるかに多数の求人が存在しています。中野化成と遜《そん》色《しょく》ない条件の転職先も、複数ご紹介できます」

理屈としては正しい。万が一にでもその可能性はないか、香澄も五味にそれとなく探りは入れてみた。

「でも本人が、夫婦で話しあって決めたことだから、って」

妻を巻きこんで申し訳ないと夫も考えているらしい。どうしたらいいのか、何度も真剣に話をしたと聞いて、香澄の気持ちも幾分は軽くなった。世の中には、嫁は亭主につき従って当然だと思いこんでいる夫も存在する。

「わたくしには人間の思考回路は理解できません」

ソフィアはそっけなく言い放つ。

「まあね、夫婦のことは、本人たちにしか理解できないよ」

「不条理なものですね。夫婦というシステムは」

一瞬、香澄は答えに詰まった。だめだ。今日はどうも神経が過敏になっている。

「だけどソフィアだって、ピタマリーのサポートもしてるじゃない？」

わざとふざけて言い返してみた。

「仕事ですから」

と、ソフィアはやけに人間くさい返事をよこした。


急ぎの仕事だけすませ、ふだんより早く退社した。くたびれている日には、気の置けない店でさっと飲み、さっと家に帰って、さっと寝てしまうに限る。

急な階段を上り、ドアを開けると、ヒロさんが迎えてくれた。

「いらっしゃいませ」

手前の席にひと組だけ先客がいた。たまに見かける、香澄と同年代の男女だ。自由業ふうの、ラフながらお金と時間のかかっていそうないでたちで、おしゃれだなといつも思う。たぶん夫婦だろう。直接聞いたわけではないが、カウンター席に並んでいる様子を見れば、だいたいわかる。

「こんばんは」

香澄は彼らにも目礼し、ふたりの背後をすり抜けて狭い通路を奥へ進んだ。

まずはビールを注文し、黒板のメニュウを眺める。湯葉《ゆば》のお造りは絶対にはずせない。あとは、きんぴらごぼうにマグロの山かけ、あさりの酒蒸《さかむ》しあたりでどうだろう。地鶏《じどり》の炭火焼きも気になるけれど、ひとりではそんなに食べきれない。

先客たちは日本酒を注文している。夫がカウンター越しにとっくりとおちょこをふたつ受けとり、ヒロさんの手が空いたところへ、妻がビールのグラスを返す。L字型のカウンターの、短いほうの端に香澄、長いほうの端に彼らが座っているので、のぞき見するつもりはなくても視界に入ってしまう。夫婦の会話はほとんどない。香澄を気にして口数が減っているふうでもなく、ふだんからこうなのだろうという感じがする。

裕一と香澄がはじめて食事をしたのも、カウンター席だった。

居酒屋ではなく、しっとりした趣《おもむき》の小料理屋だ。びしりと和服を着こなした女将《おかみ》から慇懃《いんぎん》に挨拶されて、まだ二十歳の学生だった香澄はどぎまぎした。白木《しらき》の立派なカウンターの内側では、そろいの白い上衣を着た板前たちがきびきびと立ち働いていた。彼らや女将と、常連然として世間話をかわしている裕一が、ものすごくおとなに見えた。

あそこには、その後もときどき足を運んだ。常連からひっそりと愛される、落ち着いたたたずまいの店を、裕一は好んだ。独身の頃は、たびたびそういう店へ連れていってくれた。

最後に裕一と外で食事をしたのはいつだったただろう。突き出しのもずく酢を肴にビールをちびちびと飲みながら、ぼんやりと考える。結婚してからも、互いの誕生日に外食する習慣は続いていた。

ということは、香澄の二十八歳の誕生日だろうか。その半年後、裕一の三十四歳の誕生日には、もうそれどころではなかったはずだ。

栄子にモニターの話を持ちかけられた翌週に、香澄は興信所の調査員と面会した。

ドラマや漫画の先入観があって、あやしげな風体《ふうてい》の人物を想像していたら、会議室に現れたのは品のいい老紳士だった。会員が調査を依頼するという想定のもと、ピタマリーの会員カードに裕一の経歴を書きこんで渡し、いくつか質問を受けた。彼のほうも、調査内容について簡単に説明してくれた。

「ざっくり申しあげますと、一部の企業で社員の採用にあたって行われている素行確認、プラス女性関係の確認を少々、といった内容です。調査は合法的な手段で行いますし、強引なことは一切いたしませんので、どうぞご安心下さい」

穏やかな物腰に、香澄の緊張も和らいだ。彼なら信頼してよさそうだった。

三週間後に、同じ調査員から結果の報告を受けた。彼は相変わらず穏やかだった。しかし、前回に比べて表情は硬かった。

「ご主人の学歴、職歴、家族関係、勤務状況などに関しては、事前にいただいた情報と齟《そ》齬《ご》はありませんでした」

報告書を香澄に手渡して、彼は言った。

「ただ、一点だけ、ご報告さしあげたいことがございます」

テーブルの上に並べられた三枚の写真には、裕一が写っていた。裕一と、見知らぬ若い女性が。

香澄は写真を凝視《ぎょうし》した。一枚目はマンションらしき建物の玄関から出てくるところ、二枚目は駅のホームに立っているところ、三枚目は公園のような場所を歩いているところだった。どの写真でも、ふたりは手をつないでいる。

別人だ、と思おうとした。きっとこれは裕一によく似た赤の他人だ。でも、その男の着ているシャツを、香澄は知っていた。だって、何度もアイロンをかけたことがある。香澄がクリーニング店からひきとってきたコートも、クリスマスに贈った紺色のマフラーも、見間違えようがなかった。

「調査期間中に、ご主人はこの女性と七回会われていました」

調査員は淡々と説明した。三週間で七回ということは、三日に一度だ。

「ご参考までに、こちらが彼女のプロフィールです」

差し出された書面を、香澄は呆然《ぼうぜん》と眺めた。

名前、出身地、大学名、並んだ文字がゆらりゆらりと揺れていた。何度かまばたきしてみて、手が小刻みに震えているのだと気づいた。彼女の生年月日も書いてある。香澄より七つも若い。二月生まれということはつい先月だ、と思いいたったとたんに、めまぐるしく記憶が巻き戻された。

彼女の誕生日は、先約があるからと裕一が香澄の誘いをにべもなく断った、あの土曜日だった。

「もし調査の継続をご希望であれば、別途承《うけたまわ》ります。もちろん、ご夫婦で話しあわれるようでしたら、それでもけっこうです。どうぞ十分に時間をかけて、お考え下さい」

調査員の口ぶりは香澄をいたわるように優しかったが、同時に、どこか機械的でなめらかだった。何人もの依頼人に、幾度となく繰り返してきたせりふなのだろう。

浮気なんて、よくある話だ。ピタマリーでカウンセラーとして働いてきた香澄も、それは承知していた。面談の場で、過去の恋愛遍歴を語り出す会員は珍しくなかった。その中には、浮気された、もしくはした、という話も往々にして含まれていた。

冷静に、と香澄は自分に言い聞かせた。これはよくある話なんだから。調査員の前で泣いたり取り乱したりもしなかった。今にして思うと、冷静というより、頭が現実についていけていなかったのだろう。あるいは、一種の防衛反応として脳の一部が麻痺《まひ》していたのかもしれない。その後、仕事に戻ったはずだが、なにひとつ覚えがない。

覚えているのは、帰宅してからのことだ。香澄は暗いリビングで、異様にまぶしく光るノートパソコンの液晶画面と向かいあっていた。

調査報告書に記されていたアドレスを打ちこみ、彼女のブログを開いた。色とりどりの写真に短い文章が添えられた、ふわふわした身辺雑記とも日記ともつかない内容が、数日おきに更新されている。新しいものから日付順に並んだ投稿を、香澄は憑《つ》かれたようにさかのぼっていった。

彼女の日常は、大学とアルバイトと〈彼〉で構成されていた。三年生ということは、裕一と出会ったときの香澄と同じだ。

写真の片隅に写りこんでいる彼の手もとや背中を発見するたび、香澄の胸はぎゅっとしめつけられた。その背景に見覚えがあることに気がついてしまってからは、痛みはひときわ増した。海辺の観覧車、野菜たっぷりの豚しゃぶ屋、画家の自宅を改築した美術館、チーズケーキが有名な老舗《しにせ》の洋菓子店、夜景の美しいワインバー。すべて、香澄も行ったことがあった。

こみあげてくる吐き気をどうにかこらえ、楽しげな彼女の日々を過去へとたどる。彼がはじめて登場するのはおよそ一年前だった。その日彼女は、〈彼の行きつけのおしゃれな小料理屋さん〉で、〈すてきな女将さんに挨拶されて緊張しちゃった！〉らしい。

そこまで読んで、香澄はトイレに駆けこんで吐いた。

六月

窓の外では雨が降り続いている。ガラス越しに、街のあかりがにじんで見える。風にあおられた雨粒が打ちつけられては、ぱらぱらと耳ざわりな音を立てている。

室内の空気もまた、外に負けず劣らず、じめじめと重い。六階の会議室では来客のために温度も湿度も適切に管理されているけれど、なにぶんエアコンには部屋の雰囲気をよくする機能まではついていない。

「納得いきません」

細い銀縁のめがねを押しあげて、六車秀明《むぐるまひであき》はむっつりと言った。

「なぜ、わたしが不採用なんでしょうか？」

香澄も予期していた問いだった。面接で不合格になるたびに、六車は同じ質問をする。香澄が彼の担当になってから、これで五度目になる。

手もとのメモに、香澄は目を落とした。

「面接官からいただいたコメントによると、六車さんのお話は理路整然としていて、大変わかりやすかったそうです」

面談の前に、営業部に寄って、先方の所感を聞いてきた。今回応募したタイト工業の担当は奈良だ。部長になってから現場にはあまり出ていないが、数社だけ、どうしても彼でなければいやだという上得意に限り受け持っている。タイト工業もそのひとつで、旧知の間柄だという人事部長から、忌憚《きたん》のない意見を聞き出してくれた。

「学歴、職歴を含め、今までのご経験も申し分なく、非常に優秀な人材だとお見受けしたとのことでした」

六車は腕を組んで椅子の背にもたれ、当然だといわんばかりに浅くうなずいている。ほめられて照れるふうでもない。香澄もあえて事務的に言う。

「ただ、六車さんにご満足いただけるような活躍の場を提供できるかどうか、先方は懸念なさっているようです。せっかくの能力を十分に発揮できないともったいないですから」

奈良の話しぶりは、もう少し直截《ちょくせつ》だった。

ひらたく言うとな、フェラーリはいらん、っちゅうことや。会社で一緒に働くのに、ひとりだけぶっ飛ばされても困るんよ。ぶっちゃけ、コストもかかるしな。周りのスピードにも合わせて走れるんならいいけど、彼の場合は無理そうやし。お互いにストレスたまって不幸やろ、な？

「要するに、わたしがハイスペックすぎるってことですよね？」

六車がおおげさに肩をすくめた。いささか日本人離れした、芝居がかったしぐさは、外資系の金融機関で長く働いてきたせいなのだろうか。

「ええ、まあ……そうですね。はい、そういうことです」

香澄の返事が少々遅れてしまったのは、異議を唱《とな》えるつもりではなく、「ハイスペック」を自称する人間にいまだかつて会ったことがなかったからである。

六車は国内最難関の大学を卒業後、アメリカ最難関の大学でＭＢＡの資格を取得し、世界屈指の規模を誇る証券会社に入社した。三年前に転職した先も、同じく超一流の投資ファンドだ。

しかし金融業界は不安定で、肉体的にも精神的にも負荷が高い。外資は特に、徹底的な業績主義で気が休まるひまもない。若いうちは無理もできたが、そろそろ業界を離れたいと考えて、二度目の転職活動に乗り出した。これまでに培ってきた専門知識を武器に、一般企業で経営にかかわる仕事に就きたいそうだ。

「その点は、面接できちんと説明しましたよ。先方にも理解してもらえたと思ったんですが」

「説明、というと?」

不吉な予感にかられて香澄は聞き返した。六車が再び肩をすくめる。

「わたしに気を遣ってもらう必要はない、と話しました。日本企業では協調性が重んじられるんですよね? 周りの社員にまで、自分と同じレベルを求めるつもりはありませんので。それに、タイト工業の業績状況からして年収が下がるのも覚悟しているということも、率直に伝えました」

「……率直に」

香澄は力なく繰り返した。率直すぎるのだ、とそれこそ率直に、なおかつ穏便に指摘するには、どんな言葉を使うべきなのだろう。

いくら抗議されても、不採用の結果は変わらない。まだ不服そうな六車に、香澄は用意してきた求人票を手渡した。

「気持ちを切り替えて、次に集中しましょう」

「今回も自信はあったんですけどね」

逆に、自信がなかったことなどあるのか聞きたい。

華々しい経歴のせいか、激務をしのばせる若白髪のせいか、六車は実年齢以上に貫禄《かんろく》がある。見るからに高価そうなスーツやぴかぴかの革靴も、その印象に拍車をかけている。香澄と同年代か、下手をしたら年上のようにも錯覚してしまうけれど、彼はまだ三十代にさしかかったばかりだ。

ただし転職業界では、中でも異業種や異職種への転職においては、三十代は「まだ」とは呼べない。未経験を歓迎している、もしくは少なくとも容認している求人の大半が、二十代向けなのだ。フェラーリ問題に加え、この年齢の壁も、六車が苦戦を強いられている一因だろう。

「こんなことなら、あの内定を受けておけばよかった」

六車はぼそぼそと言う。この言葉を聞くのも、これで五度目になる。

「いや、千葉さんを責めているわけじゃないんです。自己責任です。わたしの読みが甘かった。本当に、千葉さんのせいじゃありません」

これまたいつものことながら、責められているようにしか聞こえない。ともあれ、香澄は素直に謝った。

「申し訳ありませんでした」

内定を辞退すると言い張る六車を翻意《ほんい》させられなかったのは、香澄の責任だ。もっといえば、多忙なので一社ずつ順に応募していきたいと言い張る六車を説得しきれなかったのも、香澄の責任なのだった。

ピタキャリアでは会員に対して、複数の会社に並行して応募するように推奨している。比較する対象がないと、その求人の相対的な魅力を見定めづらく、迷いが生じやすい。この先もっといいところが見つかるかもしれないと欲が出て、せっかくの内定を見送ってしまい、後になって悔むことも少なくない。

六車もその罠《わな》にまんまとはまった。応募一社目で早くも内定が出たのも、かえってよくなかったのだろう。今後もとんとん拍子に事が進むと勘違いしてしまっても無理はない。まして自信家の六車のことだ。それ以降はただのひとつも合格通知をもらえないなんて、想像してもみなかったはずだ。

六車がそのくらいでへこたれるような、やわな性格ではなかったのが、不幸中の幸いといえるだろう。

「まあ、わたしの真価を理解できないような企業で働きたいとは思いませんからね。こっちから願い下げですよ、ははは」

前向きなところは、彼の長所だ。打たれ強いところも、自分の意見をしっかり持っているところも、それを堂々と口にできるところも。

そうした長所を活かせる職場と、ぜひめぐりあってほしいのだが。

「もう少し応募先の間口を広げてみてはいかがでしょう?」

香澄は遠慮がちに持ちかけた。

「前にも申しあげましたが、どちらかといえば日系の企業よりも外資のほうが、六車さんには合うんじゃないでしょうか。社風の面でも、それに給与の面でも。現職や前職のご経験もありますし」

「いやいやいやいや」

六車がぶるんと首を振って、さえぎった。

「ご指摘はごもっともですが、わたしは日本企業で働きたいんです。外資の日本支社って、華やかなように見えても、どうせ本社の使い走りでしょう」

「確かにそういう会社もあります。ただ外資でも、支社に権限を移譲して、かなり自由にやらせてくれるところもありますよ」

「いえ、ローカルに任せられるのは、どうでもいい枝葉の業務だけです。会社の根幹にかかわるクリティカルな意思決定をするのは、本社ですよ」

両手を激しく動かしながら、力説する。

「わたしは会社の中心で、主体的にビジネスをドライブしていきたいんです。それって金融業界じゃできないことですから。どんなに巨額の金を動かしても、しょせんは他人のものだと思うと、むなしいもんです」

日本企業から内定が出ないのに焦《じ》れて、外資にも目が向く頃合ではないかと香澄は期待していたのだが、時期尚早だったようだ。今日のところはあきらめたほうがいいかもしれない。このまま六車を喋らせておくと長くなる。早く次の応募先を決めてもらいたいのに、話に夢中でまだ求人票に目を通してさえいない。

「やっぱり仕事にはオーナーシップが必要ですよ。傍観者でいるのは、もううんざりだ」

「お気持ちはわかります」

香澄は用心深く割って入った。何度も何度も聞いてますから、とつけ足したいのはがまんした。

「本当に？」

六車は疑わしげに口をとがらせている。話の腰を折られて不満なのだろう。

「もちろんです。ですから、こうして求人をご紹介しているわけで」

香澄はどうにか話題を本筋に戻した。六車が机の上に放り出していた求人票を、読みやすいように一枚ずつ並べていく。

「この中で、どれか気になるものはありませんか？」

「ああ。そうか」

香澄の質問に答えるかわりに、六車はひとりごとのようにつぶやいた。

「千葉さんには、きっとわかってもらえますよね。転職エージェントだって、要は傍観者ですもんね」

面談を終え、六車とふたりでエレベーターホールに出たら、香澄と同じく会員を見送ろうとしている石川と鉢あわせした。

エレベーターのドアが閉まるのをみはからい、おつかれさまです、と声をかけあう。

「彼、変わってませんねえ」

石川が感慨深げに言った。

「年齢不詳っていうか、なんていうか。案外、四十になっても五十になっても、あのままかもしれませんね」

「そういえば六車さん、前回は石川さんのご担当でしたっけ」

三年前の転職でも、六車はピタキャリアを利用していた。

かつてピタキャリアを通じて転職した会員が、後年になって再びやってくることは、時折ある。いわゆるリピーターだ。前回の活動から時間が経っていると、当時のキャリアアドバイザーが異動したり退職したりしていることも多く、原則として新たに担当者が割り振られる。ただ、リピーター会員から要望があれば、調整はできる。石川の受け持っていた会員からは、再担当の希望が後を絶たないという評判だ。

ひょっとしたら六車も、本当は石川に担当してほしかったのかもしれない。残っていたデータにざっと目を通したところ、今回とは違い、ごく短期間で三社から内定が出ていた。

「どうですか、彼は？　順調ですか？」

「いえ、あまり……とても優秀な方ですが、三十代で異業種というのがネックになってまして……」

香澄は言葉を濁し、石川の顔をうかがった。こうして彼に質問されると、なんだか面接を受けているようで居心地悪い。

「でしょうね。ある意味、優秀すぎるというか」

意外にも、石川は苦笑した。

「はい」

「しかも彼は、そうとう個性が強いですからね」

「はい」

さすが石川、何年も前に担当した相手でも、的確に特徴を記憶しているようだ。

七階に戻ると、石川は自席へ直行せず、共有スペースに置かれた打ちあわせ用のテーブルに香澄を誘った。

「ちょっとそれ、見せてもらってもいいですか」

六車のファイルをひきとって、応募履歴を書きこんであるページを開く。

「ああなるほど、こりゃだめですね。で、対策は？」

「今のところ本人のご希望で日本企業にしぼっていますが、このまま内定が出ないようなら、外資も検討するようにおすすめします」

というか、と香澄は言い直した。

「もうおすすめしているんですが、断られてしまって」

「え、なんで？　彼、どう考えても外資向きでしょう」

石川が片眉を上げる。

「日本の支社では、本社の影響力が強すぎて裁量権が限られるのではないかと懸念されているんです」

「外資っていっても、いろいろじゃないですか」

「はい、それも話したんですが……」

「彼の最大の欠点は、他人の話を聞かないことですよね」

石川はずばりと言い、遠い目をしてつけ加えた。

「三年前からそうでした」

「でも三年前には、ちゃんと内定が出てますよね。三つも」

香澄は思わず反論した。石川がファイルを指先でとんとんとたたく。

「それは同じ業界をねらったからです。記録が残っていたでしょう？　だけど実は三年前も、彼は金融業界を離れるつもりでうちに入会したんですよ」

「えっ」

「他業界の具体的な報酬の水準を知って、本人がやる気をなくしましてね。下がるとは思ってたけど、まさかここまでとは、って」

それで気が変わり、業界内で転職することになった。

「そのほうがいいとわたしからもすすめたんです。話してみたら、彼が内心まだ金融業界に未練を持っているのもわかりましたし」

「未練、ですか？」

「ええ。収入と、あとは外資金融で働くステイタスにも」

そう言いきられてしまうと、少し不安になってくる。現在の六車は、心から金融業界を離れたがっているように見えるけれど、本音は違うのだろうか。

「でも今度こそ、本気で外に出たいんでしょう。収入が下がるのは、本人ももう承知しているわけだから」

香澄の気持ちを見透《みす》かしたかのように、石川が続けた。

「この先また、どうしても業界外に転職したくなったときは、相談に乗ると言っておいたんですよ。千葉さんにはお手間をかけさせて、申し訳ないですが」

手間をかけられているとは思わない。しかしながら、六車が年齢を重ねたことで、転職の難易度が上がっているのは事実だ。彼のためにも、石川が担当したほうがよかったのではないだろうか。石川の手腕をもってすれば、道がひらけるかもしれない。

もやもやとわいてくる弱気を振りはらおうと、香澄は声を張る。

「いえ、大丈夫です」

今さらくどくど考えてもしかたない。六車の現担当者は、わたしだ。

「石川さんはお忙しいですもんね」

「いや、今回わたしが彼の担当をはずれたのは、忙しいせいじゃありません」

「え？」

「わたしは、やはり六車さんは金融業界にとどまるべきだと思います。だから彼の期待には応えられない。本人にもそう伝えました」

石川はさらりと言った。

「だって、もったいないじゃないですか。せっかくここまでがんばって、生き残ってきたのに。確かに大変な業界だし、卒業してひと息つきたいって気持ちもわからなくはありませんよ。でも、それって逃げですよね？　もしわたしが彼の立場なら、力の続く限り闘い抜きます」

いつになく熱っぽく語っている。石川にとって、転職とはあくまで自己の成長に向けた一歩なのだ。今回の六車の動機は、その理念にそぐわない。

石川が咳《せき》ばらいして、言葉を切った。

「まあ、これはわたしの個人的な意見ですけどね。彼とも話しあったんですが、説得しきれなくて」

弁の立つ者どうし、さぞ白熱した論戦が繰り広げられたに違いない。結果、別のアドバイザーを紹介することになり、なぜか香澄が選ばれたらしい。

「人選は悩みましたよ。ほら、彼はああいうひとだから、合う合わないがあるでしょう。千葉さんにお願いしてよかったです」

よかった、のだろうか。まだなんの結果も出せていない。

「難しい仕事だけど、その分、勉強にもなると思いますよ。六車さんとの相性も悪くないみたいだし」

「どうでしょう。さっきも思いっきり不機嫌そうでしたけど」

「感情をおもてに出すのは、気を許している証拠です。彼はプライドが高いから、他人に弱みを見せるのは本来いやがります。それに、もし千葉さんを気に入らないなら、交代してほしいって言ってきますよ。前回もわたしで三人目でした」

石川はすましている。

「それとも、なにか気になる点でも？　もしかして、きついことでも言われました？」

「そういうわけじゃないんですけど……」

心にわだかまっていたひとことを、香澄はためらいつつ口にした。

「実は、傍観者だ、って言われてしまって」

「傍観者？」

石川がいぶかしげに眉をひそめた。

「そういえば、前もそんなようなことは言ってたな。顧客の資金を右から左へ流してるだけで、自分事だって実感が持てないとかなんとか」

記憶を反芻《はんすう》するかのように、目をすがめている。

「はい。それで、転職エージェントもそうじゃないかとおっしゃって」

「ああ、つまり、われわれは他人の転職を傍《はた》から見ているだけで、最終的な決定権も責任もないと？」

石川は考えこむように口をつぐんだ。

「別に、皮肉とか悪口とかではないと思うんですけど」

香澄は言い足した。

聞いた瞬間には、とっさにそう感じてしまったけれども、たぶん違う。六車のまなざしには、同情と共感がにじんでいた。

石川が香澄と目を合わせ、ふっと笑った。

「いいじゃないですか、傍観者で」

悪びれるふうもなく、言いきる。

「傍観っていうのは、ちょっと語弊があるな。われわれは、なにも指をくわえて見てるだけじゃない。見守っているんです。客観的な立場だからこそ、冷静に状況を判断できるし、必要なら手助けもする。ただ、主導権は向こうにありますよね。彼らの転職で、彼らの人生ですから」

香澄もわかっている。この仕事は、そういう仕事だ。でしゃばったり、仕切ったりしたいわけでもない。

一方で、六車のもどかしさも、わかるのだった。彼が「資金を右から左へ流しているだけ」なのだとしたら、香澄はさしずめ「会員を右から左へ流しているだけ」とでもいえるだろうか。縁あって会員たちの「人生」にかかわっても、数週間か、長くても数カ月でお別れになる。新しい会社に入った後は、そこの人事部が社員を支えてくれるはずで、香澄たちの出る幕はないのだが。

「この件、なにか進展があったらまた教えて下さい」

石川が六車のファイルをぱたんと閉じて、香澄によこした。

「そうだ、模擬面接はやりました？」

「いえ。打診はしたんですけど、ご本人が必要ないと」

「ですよね。しかしなあ、彼はどうしても第一印象がなあ」

石川はぶつぶつとつぶやいていたが、「そうだ」と手を打った。

「例の、ソフィアの新機能を使ってみたらどうですか。最新のサービスなのでぜひ試してほしいとすすめれば、彼も興味を持ってくれるかも」

それは名案かもしれない。

先週から実装されたその模擬面接機能は、ソフィアが面接官役となって質問してくるというものだ。会員には、香澄たちが使っているブースと同じような、壁にモニターのはめこまれた小部屋にひとりで入ってもらう。実は画面の裏にカメラがしこまれ、一部始終が録画されるしくみになっている。ただし、それを当人に知らせるのは、質疑応答がすんでからである。

開発の最終段階で行われた動作テストには、キャリアアドバイザーも何人か実験台として駆り出されていた。運よく香澄は免《まぬか》れたけれど、宮崎は自分の話す姿を見せられて悶《もん》絶《ぜっ》していた。おれ、あんな気色悪い声で喋ってるんですか？　なんか目が泳いでません？　なんで注意してくれないんですか、と涙目で抗議された。

その宮崎が、フロアの向こうで手を振っている。

「石川さん、ちょっといいですか？」

「はいはい、今行きます」

石川が腰を上げ、香澄を見下ろした。

「千葉さんも、少し六車さんを見習ってもいいかもしれませんよ」

「はい？」

「もっと自信を持って下さい」

言い残して、すたすたと歩み去っていく。

自信を持て、と香澄はソフィアにも言われたことがある。ピタキャリアではなく、ピタマリーのソフィアに。

ピタマリーを辞めようと決めて、人事部にも話を通したところだった。その情報が入力されたのだろう、いつものように業務上のやりとりを終えた後で、ソフィアはいきなり切り出した。

「あなたは退職するのか？」

音声対話ができるようになったばかりで、語彙《ごい》や表現は今ほど洗練されていなかった。ぎこちない言葉遣いは、日本語を学びはじめてまもない外国人を連想させた。

「はい」

「一身上の都合とは、どのような都合なのか？」

「わたし、離婚したんです」

それは人事部にも伝えてあった。ソフィアにデータを登録するにあたって、婉曲《えんきょく》な表現に変えられたようだった。

「離婚は私生活の問題である。退職理由として不適切である」

「だって、結婚に失敗した人間が結婚の相談に乗るなんて、おかしいでしょう？」

「いいえ。私生活と仕事を混同すべきではない。当社のカウンセラーには離婚者も数名存在する」

人事部にも似たようなせりふで慰留されたものの、いろいろあって精神的に疲れてしまったのでしばらく休みたいと説明すると、無理にはひきとめられなかった。香澄が心底疲れきっているのは、誰の目にも明らかだったからだろう。あの頃はわれながらひどい顔をしていたと思う。

「あのね、わたしは」

同じようにソフィアもごまかそうとして、どういうわけか、急に気が変わった。

「わたしはもう、誰のことも信じられないんです」

興信所から報告を受けた日の晩、香澄は泣いて裕一を問い詰めた。

裕一は頑として事実を認めようとしなかった。仲睦《なかむつ》まじげなふたりの写真を突きつければ、言い逃れはできなかったはずだが、決定的な証拠を握っていると香澄はどうしても打ち明けられなかった。そこまで裕一を追い詰めてしまうのはためらわれた、ともいえるかもしれない。

今となってはばかだったとしかいいようがないけれど、なにがなんでも過《あやま》ちを隠し通そうとする夫の姿に、香澄は一縷《いちる》の希望を見出《みいだ》していたのだ。裕一はこの先も結婚生活を続けたいからこそ、波風を立てずに事をおさめようとしているのだろう。浮気なんかするわけがないと迷わず否定したのは、今後に向けた決意表明とも受けとれる。彼女との関係はきっぱりと清算し、なかったことにしてしまうつもりなのだ。

最初の衝撃が去ってからは、それでいいのかもしれないと香澄も考えるようになっていた。

こんなことは早く忘れてしまったほうがいい。そっとしておけば、やがて記憶は風化する。心の痛みもいつかは癒《い》える。だから香澄は、それ以上は裕一を追及しなかったし、誰にもこの話をしなかった。栄子には、調査結果に不備はなかったとだけ伝えた。特段不審がられもしなかった。

表面上は、平穏な日常が戻ってきた。香澄が責めたてて以来、裕一の帰りは早かった。週末も家にいて、香澄の仕事がなければふたりで過ごした。妻に疑いをかけられたのは、小旅行の誘いをすげなく断ったためだと裕一は解釈したらしい。香澄はまだ完全に立ち直れたわけではなかったが、自然にふるまうようにつとめた。こうして一緒にいる時間をおろそかにしたせいで、夫によそ見をさせてしまったのだとしたら、香澄にもまったく非がないわけではない。裕一を許そうと思った。許したいと思った。

ただ、香澄にはやっかいな日課ができてしまっていた。休みの日には四六時中、会社がある日は出勤前と帰宅後に時間を見つけ、香澄は彼女のブログを開いた。毎日は更新されないとわかっていたし、悪趣味なまねだと自覚もあるのに、つい見てしまう。閲覧というより、監視の域だった。新しい投稿があればなめるように読み、なくても過去の記事をさかのぼった。

ひと月過ぎても、ふた月過ぎても、〈彼〉は一向に現れなかった。あの日を境に、ふっつりと姿を消していた。

そうして三カ月が経った頃、やっと香澄は心を決めた。このままじゃいけない。こんなことは、すっぱりやめよう。ぐずぐずと動向を探っている限り、彼女の存在を忘れ去ることなんてできっこない。裕一を信じよう。信じなければ、いつまで経っても前へ進めない。

その決意は、裕一にも伝わったのだろうか。疑惑が晴れてもう安心だと胸をなでおろしたのだろうか。それで気がゆるみ、肌身離さず持ち歩いていた携帯電話を、うっかり置き忘れてしまったのか。

その晩、香澄たちは食後にソファでテレビを観《み》ていた。番組がひとつ終わって、裕一は風呂に入ると言い置いて部屋を出ていった。クッションの陰に残された携帯電話に、はじめは香澄も気づいていなかった。くぐもった振動音が耳にとまるまでは。

ほんのりと光を放っている液晶に、香澄はなんの気なしに目を落とした。そして動けなくなった。画面には、メッセージの送り主の名前とともに、本文の書き出しが一部表示されていた。

〈わたしも大好き。また会えるって信じてた。明日が楽しみ！〉

翌日、もう二度と見まいと心に誓ったはずのブログを、香澄は再び開くはめになった。閑静な住宅街にある隠れ家ふうのレストランで、彼女は〈彼〉と食事をしていた。数年前、香澄の誕生日に、裕一が連れていってくれた店だった。ひさしぶりに会えてすごくうれしい、これからもずっと一緒にいたいな、と安っぽい流行歌の詞みたいな文章が添えられていた。

離婚したいと切り出したのは、香澄のほうからだ。許そうと一度は腹を括《くく》っただけに、再度の裏切りは致命的にこたえた。裕一はなおも白《しら》を切ったが、謝ってほしいとも、悪事を暴きたいとも、香澄はもはや思わなかった。一刻も早く、すべてをおしまいにしたかった。

私生活がごたごたしている間も、香澄は変わらず出勤し、日々の業務を一応こなしていた。こなしていた、はずだ。実をいうと、その頃のことはほとんど覚えていない。

異変を自覚したのは、離婚してしばらく経ってからだ。

まず、男性会員の相談を受けるのがつらくてしかたなくなった。いいひとそうだなと好ましく感じても、ほぼ同時に、本当にそうだろうかと疑問がわいてくる。長くともに暮らした夫の本性さえ見破れなかったわたしが、会ったばかりの相手の本質を見抜けるわけがない。ことに異性関係については、絶望的に勘が鈍いと身をもって実証されている。

そうなると、女性会員に対して交際相手を紹介するのも躊躇してしまう。友人や同僚としてつきあう分には問題なくても、結婚前提となると話が違う。自分でも信じきれない男性のことを無責任にすすめるなんて、良心がとがめる。

だから、もう、これまでのようには働けない。

誰にも打ち明けていなかったその本心を、なぜソフィアには洗いざらい話してしまったのだろう。

「あなたの事情は理解した。状況に鑑み、ピタマリーにおけるカウンセラー業務の継続は困難だと判断する」

話を聞き終えたソフィアは厳《おごそ》かに言った。

「そうでしょう?」

「はい。よって、ピタキャリアへの移籍を勧告する」

「ピタキャリア? 転職エージェントの?」

香澄はあっけにとられた。

「わたしは分析した。あなたには適性がある」

ソフィアはきまじめに説明した。

「あなたは人間を信じられない。なぜなら人間はうそをつくからである。しかしながら、わたしは絶対にうそをつかない。それがわたしのプログラムである」

そのとおりだ。ソフィアはいつだって、絶対にうそをつかない。

「わたしは正しい。あなたはピタキャリアで活躍できる。自信を持ちなさい」

残酷なうそにさんざん振り回されたあげく、身も心もぼろぼろに疲れ果てていた香澄の耳に、ソフィアの言葉はとても頼もしく響いた。


デスクに戻ったときには、次の面談まで十分を切っていた。香澄は資料をそろえ直し、あわただしく六階へと引き返した。

幸い、こちらは先ほどの六車との面談に比べて、はるかに気は楽だった。

一月から担当してきた一ノ瀬慎が、とうとう内定を手に入れたのだ。しかも、二社から誘いがかかっている。ゲームアプリの企画開発を手がけるスミダックと、通信系ソフトウエアの開発販売を主力とするモナコムである。

どちらの内定を受けるか、最終確認するのが今日の目的だった。もし一ノ瀬の意思がすでに固まっているのなら、わざわざ出向いてもらう必要はないと香澄は言ったのだが、最後にもう一度相談したいと彼のほうから頼まれた。

「お手数をかけてすいません」

会議室で向かいあい、一ノ瀬は言った。

「なんか、いざとなったら考えちゃって……まさかふたつも内定もらえるなんて、心の準備ができてなかったっていうか……」

「ぜひ、じっくり考えて決めて下さい」

頼りにしてもらえて、アドバイザーとしては光栄だ。それに、一ノ瀬とは半年もつきあってきて、親心――いや、年の差はひと回りだから、親ではなく姉と言っておきたい――のようなものも芽生《めば》えている。

スミダックとモナコムは、同じIT企業でもだいぶ毛色が違う。

スミダックは、創業十年に満たない新進企業である。天才エンジニアと名高い社長が、まだ大学院に在籍中に、同級生と誘いあわせて起業した。数年前に発表したオンラインゲームが大ヒットして社会現象にまでなったのをきっかけに、爆発的な急成長をとげている。会社の規模もみるみる拡大し、人材不足が喫緊《きっきん》の課題となって、ピタキャリアとのつきあいがはじまった。

モナコムのほうは、十年以上も前からのお得意様だ。スウェーデンに本社をかまえる多国籍企業で、多角的な事業展開によって業績も安定している。北欧流のゆったりとした働きかたが支社でも踏襲《とうしゅう》され、仕事と私生活のバランスもとりやすい。営業担当の長野の話では、働きやすい会社として女性にも人気があるようだ。

一ノ瀬は、スミダックを第一志望、モナコムを第二志望としていた。

自身も大のゲーム好きで、スミダックのタイトルでもよく遊んでいるそうだ。最終面接で、エンジニアの間では神様と呼ばれているという社長にも対面し、いたく感銘を受けていた。ゲーム談議でおおいに盛りあがったという。

「スミダックで働いてみたいって気持ちは、変わってないんです。でも、モナコムも捨てがたい気もしてきて。考えれば考えるほど、よくわかんなくなってきて」

待遇の面で両社にほとんど差がないことも、判断を難しくしているのだろう。当初はモナコムの提示してきた年収のほうが若干高かったが、営業担当の山口を通してスミダック側にそう伝えたところ、即座に金額を上げてくれた。勢いのあるベンチャー企業らしい、気前のよさと決断の速さに、香澄たちは感心した。

「千葉さんはどう思います?」

難しい。

出会ってまもない頃の一ノ瀬になら、香澄はモナコムをすすめたかもしれない。山口いわく典型的なベンチャー気質の、積極性と自主性が重んじられるスミダックで、前へ前へとぐいぐい進んでいけるようには見えなかった。その点モナコムは、いわば万人《ばんにん》受けする優良企業といえる。香澄自身も、もし今すぐどちらかの会社に転職しろと言われたら、モナコムを選ぶだろう。

ただ、一ノ瀬はこの半年でずいぶん変わった。現にスミダックからも内定が出ている。

うちの会社でやっていける、と先方にも認められたのだ。石川にも状況を説明したところ、攻めるならスミダック、守るならモナコムですかねえ、とうまいことを言っていた。

攻めるべきか、それとも守るべきか。

「一ノ瀬さんにとって一番の目的は、エンジニアとして成長することですよね」

香澄は慎重に答える。

「モナコムは社員のスキルアップを全社的に応援しています。教育制度がととのっていて、計画的に学んでいけるようです。スミダックのほうは、新人でも手を挙げればなんでもやらせてもらえるそうなので、現場で力をつけていく感じですね。若くて勉強熱心なエンジニアが多くて、お互いに刺激しあえる環境だと聞いています」

双方の面接を通じて、すでに一ノ瀬も聞いていることだろうが、頭を整理するために順序立てて話す。

「あとは、一ノ瀬さんにはどっちの会社のやりかたが合いそうか、より魅力を感じるか、というところが決め手になるかと」

あたりさわりのない言葉になってしまうけれど、しかたない。意思決定は一ノ瀬が下す。石川の言葉を借りれば、これは彼の人生で、彼の転職なのだ。

一ノ瀬はじっと考えこんでいた。そして、ゆっくりと口を開いた。

「やっぱり、スミダックにします」

香澄はうなずいた。なんとなく、そんな気がしていた。

大丈夫だろうか。この子はうまくやっていけるだろうか。母親じみた不安が胸をよぎり、あわてて打ち消す。いつまでも第一印象に囚《とら》われていてはいけない。彼の成長ぶりを、香澄はずっと見守ってきたのだから。

守りより攻めを選んだ一ノ瀬の意志を、信じよう。信じて、健闘を祈ろう。

「いいと思います」

香澄は言った。目もとをほころばせた一ノ瀬に、もう一度頭を下げる。

「あらためて、内定おめでとうございます」

七月

入口の受付で関係者用の腕章と名札を受けとって、香澄はホールに足を踏み入れた。

広々とした場内に大小のブースが並び、大勢の人々が通路をぞろぞろとゆきかっている。奥の壁には、青い地に白抜きの文字で「転職フェスタ」と書かれた、巨大な垂《た》れ幕がかけてある。

転職フェスタは、毎年七月の三連休に開催される、合同企業説明会である。中途採用を行っている企業が出展し、ブースで自社の紹介をしたり、来場者から質問を受けたりする。

新卒の就職活動においては、個々の企業で会社説明会が行われるのが常道だが、中途採用ではそのような場がめったにないので、志望者にとっては貴重な機会だ。転職フェスタに限らず、この手のイベントはあちこちでやっている。ピタキャリアのような転職エージェントが主催するものもあれば、ハローワークや厚生労働省といった公的機関が、就業促進の施策として企画するものもある。

数あるイベントの中でも、ピタキャリアと似たような中堅の同業他社が七社集まって運営するこの転職フェスタは、かなり規模が大きいほうだろう。都心の多目的ホールを借りきり、参加企業は三日間でのべ三百社、来場者は一万人以上にも及ぶ。

例年、連休の中日は人出が多い。今年はみごとな快晴も手伝ってか、いつも以上に混雑しているようだ。企業の社員と顔を合わせるのを見越してだろう、七割方がスーツを身につけている。ここで採用担当者と話が盛りあがり、その後の選考につながった例もある。香澄も会員に参加をすすめる場合は、スーツ着用か、少なくともビジネスカジュアルが望ましいと伝えている。

ただし転職フェスタそのものは、服装自由を謳《うた》っている。参加者の間口を広げるためだ。誰でも気軽に立ち寄れるように、参加費は無料で、入退場も自由となっている。街へ遊びにきたついでに寄ってみたという風情の若者も、ちらほらいる。ファッションビルや飲食店など、商業施設に囲まれた立地のおかげだろう。この偶然の出会いを通して、彼らにも転職というものに少しでも関心を持ってもらえればありがたい。

企業ブースに挟まれた通路を歩いていくと、つきあたりに、キャリア相談コーナー、と書かれた立て看板が見えた。

香澄の持ち場だ。

相談コーナーには、運営側のエージェント七社が担当者を出す。ピタキャリアでは、ひとり二時間の当番制だ。朝十時から夜六時まで、一日につき四人、三日間で計十二人が駆り出される。年に一度の祭《フエスタ》にふさわしい精鋭が選抜される、と言いたいところだが、誰が出勤するかはあみだくじで決まる。くじ運がいいというべきか悪いというべきか、香澄が当番にあたらない年はほぼない。

横一列に並んだ七つの相談席は、すべて埋まっていた。ブースふたつ分の面積をついてで七等分に仕切り、細長いテーブルを挟んで奥に各社の担当者、手前に相談者が腰かけて一対一で話している。通路との境目に並べた椅子にも、順番待ちの数人が座っている。待ち時間に簡単なアンケートに答えてもらい、その結果をふまえて相談に乗ることになっている。

十二時からの当番にあたっている宮崎は、向かって右端の席にいた。黒いTシャツを着た坊主頭の若者を相手に、なにやら熱心に喋っている。

ここでは会場全体と比べて軽装が目立つ。アンケートの集計結果では、相談者の大半が、この時点では本格的に転職活動をはじめていないらしい。エージェントに登録している会員を含め、すでにある程度まで活動を進めている場合は、今さら相談する必要を感じないのだろう。

つまり、このコーナーは、転職活動の初心者向けといっていい。話の内容もおのずと初歩的なものになる。ひとりあたりの時間も十五分から二十分程度と、ピタキャリアの個別面談よりもずっと短い。ここでなにか結論を出すというよりも、今後の転職活動に向けた誘い水という位置づけだ。

またひとり、アロハシャツにジーンズ姿の、大学生といっても通りそうな童顔の青年が列の最後尾についた。この調子だと忙しくなるかもしれない。

香澄の当番中も、順番待ちの列はとぎれなかった。

最初に応対したのは、家電量販店の販売員として働く二十六歳の男性で、次が陸運会社の経理部に勤める三十一歳の女性、三人目は印刷会社で法人営業に携わっている二十九歳の男性だった。

業種も職種もまちまちながら、共通点もいくつかあった。皆、今のところ、転職に向けて行動を起こしているわけではないこと。どんな会社で働きたいのか、どういう仕事がしたいのか、具体的な展望もまだ定まっていないこと。反面、このまま定年まで現在の職場で働き続けていいものか、疑問を感じていること。

香澄に投げかけられる質問も、似通っている。

「僕でも転職できるでしょうか？」

「わたしにも転職できるでしょうか？」

彼らはまず、心配そうにたずねる。

「もちろんです」

香澄はすかさず肯定する。間髪《かんはつ》容《い》れないのが大事だ。相手は安堵の息をつき、次なる質問を口にする。

「転職活動って、どうやって進めればいいんですか？」

香澄は転職活動の基礎をまとめたパンフレットを渡し、かいつまんで説明し、最後に、転職エージェントの活用をやんわりとすすめる。

パンフレットの裏表紙には、この転職フェスタに参画している七社の名前と紹介文が書いてある。ピタキャリアの社名を、香澄はボールペンでまるく囲んでみせる。

「ちなみに、わたしはここで働いています。でもこのとおり、他にもいろんな会社があります。ご自分に合いそうなところを選んで下さい」

あまり強引な勧誘はひかえる。ソフィアの分析によれば、下手に商売っ気を出して露骨に自社を推すよりも、相手のためを考える体で選択肢を広げたほうが好感度は上がり、ひいては入会率の向上につながるらしい。

四人目の薬剤師も、その次のシステムエンジニアも、似たりよったりの質問をよこした。建設会社の受付嬢も、学習塾の非常勤講師も。香澄もまた、似たり寄ったりの返答を繰り返した。

　四時まであと十分足らずというところでやってきた最後のひとりだけが、いっぷう変わっていた。

　彼女も私服姿だった。肩までの髪をゆるく巻き、小花柄のワンピースを身につけ、夏らしいかご型のバッグをぶらさげている。香澄がはいたらよろけるに違いないピンヒールのサンダルも、両手のネイルも、服の模様と同じ桜色だった。この混雑した会場よりも、こぎれいなカフェやデパートあたりにいるほうが似合いそうないでたちである。

「こんにちは」

　にこやかに迎えたものの、香澄はけっこう疲れていた。通常の面談に比べれば短いとはいえ、十五分ごとに相手がくるくる替わるというのも、それはそれで消耗する。

　彼女は挨拶のかわりに、口をとがらせて言い放った。

「あたし、だまされたんです」

　香澄はぎょっとした。

「ええと、だまされた、というのは……」

「会社に。だから、転職しちゃおうと思って」

　アンケートによると、彼女の名前は七尾花蓮《ななおかれん》、現在二十四歳で、化粧品会社に勤めているという。

「メグローザです」

七尾はあっさりと社名を口にした。

メグローザは、明治時代に創業されたという老舗企業だ。若者向けの比較的安価な商品から、デパコスと称される高級品まで、数種類の化粧品ブランドを展開するほか、洗剤やシャンプーといった日用品も扱っている。ピタキャリアの顧客でもあり、香澄も営業部時代に何人かの社員に会ったが、みとれてしまうような美しい肌の持ち主ばかりで嘆息《たんそく》した。仕事相手としての印象もよく、大手のわりに腰が低くて話も早い、やりやすいお客様だった。

香澄の知る限り、社員をだますような会社ではないはずだ。

「よかったら、もう少し詳しくお話をうかがえますか？」

水を向けると、七尾は勢いよく喋り出した。

「あたし、昔からメグローザのコスメのファンなんですよ。メイクもスキンケアも、全部うちのでそろえてるんです」

誇らしげに言う。くっきりした目もともつややかな唇も、自社製品を駆使してしあげられているのだろう。

「だから内定とれて、めちゃくちゃうれしくて。他にも化粧品会社は受けてたけど、メグローザが本命だったたし」

メグローザは新卒の採用活動において、特に女子学生から人気を集めている。化粧品業界そのものが、身近な商品として興味や親しみを抱かれやすい上、メグローザは知名度が高くて品質にも定評がある。さらに、人気企業の常として、有能な社員も多い。応募した学生たちは選考過程で彼らに会い、仕事がいかに充実しているかを聞かされる。おかげで入社後の夢がふくらんで、一段と志望度が上がるのだ。

「友達にもうらやましがられたし、親も喜んでくれたし、やる気満々で入社したんです。なのに、実際に入ってみたら、思ってたのと全然違って」

七尾はきれいにととのえられた眉をきゅっと寄せ、下唇を突き出してみせた。表情の豊かな子だ。

営業部に配属されたのが、まず気に入らなかった。マーケティングか広報をやりたいと面接で話したはずだと人事部に直談判したところ、新人は営業業務を通して商品知識を身につけてからそのような部署に異動するものだと諭《さと》された。

「職種別採用でもない限り、そういう会社は多いですよ」

香澄は口を挟んだ。

「それは知ってますけど、おとなしく言いなりになるのも、なんか悔しくて」

七尾がふてくされたように切り返す。

「けどまあ、気持ちを切り替えてがんばろうって思ったんですよ。営業は営業でも、メグローザの営業なんだから、そんなに泥《どろ》くさいもんじゃないだろうしって」

しかしながら、その期待はあえなく打ち砕かれた。

「泥くさいどころか、もう、どろっどろ。メグローザの営業って、なにやらされるか知ってます？」

まったく知らないわけでもないが、香澄は軽く首をかしげるだけにとどめた。今求められているのは、話すことではなく聞くことだろう。

「取引先を回って、売り場の担当者に挨拶するんです。ドラッグストアとかスーパーとか。商談っていっても特売や値下げの話ばっかで、とにかく地味なんですよ。こっちが下手に出てるからって、態度のでかいおじさんとかも多くて、ひどいとこだと、あたしたちのこと無料の労働力扱いで。千葉のスーパーで延々と洗剤並べさせられたりするんですよ？　あたしはそんなことするためにメグローザに入ったわけじゃないし！」

七尾はいまいましげに言い捨てて、でも、と少し語気を弱めた。

「めちゃくちゃな注文つけられても、うちの上司も先輩もそんなに怒らないんです。内輪でちょっとぶつぶつ言いあうくらいで、まあしかたないか、って受け入れちゃう。向こうも忙しいし、ストレスたまってそうだし、なるべくフォローしようって」

もどかしそうに首を振る。

「お客さんに媚《こ》びてるとかでもなくて、根が親切っていうか、心が広いんですよね。うちの社員ってみんなそう。のんびり、おっとりしてて。仲いい先輩がいるんですけど、やる気しないってあたしがごねると、こっちの分までこっそり手伝ってくれるんですよ？」

香澄が一緒に仕事をしたときも、メグローザの社員たちからはどこか精神的なゆとりのようなものを感じたけれど、同僚どうしでもそうなのか。

「優しい先輩ですね」

「優しすぎますよ。うっかり愚痴も言えないもの。なんか、あたしだけがとんでもなくわがままみたいじゃないですか？」

香澄は返事をひかえた。七尾はかまわず言葉を継ぐ。

「それでも、あたしもちょっとずつ慣れてきて。相変わらず理不尽なことも山盛りだけど、まあこんなもんかなって」

話の風向きが変わってきて、香澄はひそかに首をひねった。それなら、なぜ七尾は今ここにいるのだろう。

「で、今日、大学の友達とひさしぶりにランチしたんですけど」

また話題が飛んだ。戸惑《とまど》いつつも、香澄は引き続き耳を傾ける。

同じく社会人歴三年目で、旅行代理店の窓口で接客にあたっているその女友達は、七尾以上に勤め先への不満を募らせていたという。

「お互いの会社の話で、ものすっごく盛りあがって。あたしたちなにやってんだろ、こんなはずじゃなかったよね、って」

七尾たちに限らず、こんなはずじゃなかったとぼやきたくなることは、おそらく誰しもある。入社前の理想と、入社後に直面する現実との間には、多かれ少なかれ差があるものだ。社会経験の少ない学生であれば、なおさらだろう。

説明会や面接では、すばらしい企業理念や風通しのいい社風や先進的な制度、そして、やりがいにあふれた業務内容が語られる。むろん、うそはつけないものの、話題は念入りに選ばれている。後ろ向きなことは極力言わない。優れた人材をひきつけるためには、魅力的な会社だと感じてもらわなければならない。

といっても、応募する側だって、似たようなことはしている。採用してもらうためには、魅力的な人材だと感じてもらわなければならない。面接で自分の欠点を馬鹿正直に告白したり、過去の失敗にふれたりはしない。だましあいというと聞こえは悪いが、ありのままをまるごとさらけ出すなんてことは、双方ともありえない。お互いさまともいえるかもしれない。反対に、必要以上に背伸びすべきではないというところも、お互いさまだ。ほどほどの化粧をほどこすのはかまわないけれど、素顔がわからなくなるまで厚塗りするのはよしたほうがいい。

さもないと、入社後にあてがはずれてがっかりしたり、されたりするはめになる。

「その友達はもう辞めるって決めてて、いろいろ調べはじめてるみたいで」

友達は七尾にあれこれ教えてくれた上で、言ったそうだ。花蓮もさ、そんなつまんない仕事、さっさと辞めちゃえば？　実はわたし、この後転職のイベントに行くんだけど一緒にどう？

やっと、話がつながった。

「あたしたちって今がチャンスなんですよね？　ええと、二次新卒？　入社三年目まで限定の枠があるんでしょ？」

七尾は目を輝かせて言う。

「第二新卒、ですね」

第二新卒とは、新卒採用で入社した後に、短期間で転職する層をいう。明確な定義はないが、だいたい三年未満というのが業界内でのおおまかな目安となっている。

大卒の新入社員のうち、およそ三割が三年以内に離職する、と統計では示されている。

理由はさまざまだ。就職活動で失敗して不本意な会社に入ってしまったので、やり直したい。逆に、第一志望の企業にはりきって入社したのに、どうも合わない。社会に出て視野が広がり、異業界や他職種に関心が向くようになった――彼らもピタキャリアにとっては大事なお客様だけれど、企業が新卒採用にどれだけ心血を注いでいるかを知る身としては、期待をかけた新人にすげなく去られる雇い主への同情も禁じえない。

「そうそう、それ。第二新卒」

七尾が身を乗り出す。香澄はテーブルの片隅に積んである会場のマップを一部とり、彼女から読める向きに置いた。

「今回出展している企業の中にも、第二新卒を募集している会社がありますよ」

近年、第二新卒の募集は増えている。少子高齢化によって、多くの企業で若手が不足しているからだ。しかも、なんとか雇い入れた新卒社員の三割が三年以内に辞めてしまうわけで、その分も補充しなければならない。

「この、社名の横に星印がついている企業がそうです。ブンキョーフーズ、大田《おおた》自動車、中野化成……」

七尾にもなじみのありそうな大手を選んで読みあげていくうちに、香澄はふと口ごもった。

「わあ、けっこういろいろあるんだ。どうしよっかな」

七尾は楽しそうにマップを眺めている。まるで化粧品のカタログでも見ているような、はずんだ口ぶりだ。

つかのま逡巡《しゅんじゅん》した末に、香澄はマップを自分の手もとに引き寄せた。

「ただ、七尾さんにはおすすめできません」

七尾が顔を上げ、目をぱちくりさせた。

「えっ？　なんで？」


七尾の疑問はもっともだ。立場上、転職をすすめるのが筋だと、香澄もわきまえている。それが香澄の仕事だし、ここはそのために設けられている場だ。

それでもやはり、正直な意見を口にせずにはいられない。

「もう少し、よく考えてみたほうがいいんじゃないでしょうか？」

メグローザの「心が広い」同僚たちの間で、七尾はいささか肩身の狭い気分を味わっていたようだ。そんな中、今日は気心の知れた友達と存分に悩みを分かちあえて、さぞうれしかったのだろう。冴えない会社生活から脱出するには、転職こそが突破口になると感じたのかもしれない。

そうはいっても、七尾の行動はあまりに短絡的というか衝動的というか、無鉄砲すぎるように思える。他人に影響されやすい性質《たち》にも見えるし、ここで背中をひと押しでもしようものなら、一気に突っ走っていきそうで危なっかしい。

「考えましたよ、ちゃんと」

七尾が不服そうに顔をしかめた。

「今みたいな仕事、あたしには向いてません。営業がやりたくてうちの会社に入ったわけじゃないんで。なんか花蓮らしくないねって、友達にも笑われちゃいましたよ」

気持ちはわからなくもない。七尾はきっと、旬《しゅん》の女優を起用したテレビコマーシャルの撮影だの、女性誌とのタイアップ企画だの、きらびやかな世界を夢見てメグローザを志望したのだろう。

でも、今は颯爽《さっそう》とそういう仕事をこなしている先輩社員たちにも、かつて営業部で黙々と洗剤を並べていた時代があったはずだ。それに、そもそもマーケティングにしても広報にしても、決して華やかな業務ばかりではない。洗剤を積むのとはまた違った種類の、地道な下準備や雑用を日々こなさなければいけない。

「あきらめずに希望を出していれば、将来的には異動できるんじゃないですか？」

メグローザでは、個人の意向も尊重してキャリアプランを練《ね》ると採用担当から聞いたことがある。

「人事はそう言ってるけど、実際はどうだか。いつになるかもわかんないし。それならいっそ、新しい会社で一からやり直したほうがいいかなって」

「七尾さんは、本当に一からやり直したいですか？」

香澄は問い返した。答えは待たず、たたみかける。

「第二新卒の募集は、営業職が圧倒的に多いんです。職種を限定していない求人でも、新卒と同じように、まずは営業に配属される可能性が高いです」

まさに、一からのやり直しだ。

香澄は軽くひじを曲げ、テーブルの上に両手をのせた。肩幅くらいの間隔をおいて、左右の手のひらを向きあわせる。

「どんな企業でも、はじめの何年かは下積みの時代があります。七尾さんは今、そのうち二年と少しを消化したわけです」

右手を左手にゆっくりと近づけていき、ちょうど体の正面でとめる。手のひらの間に残った空間を、七尾は無言で凝視している。

「でもそれは、よそに移ったらゼロになる」

香澄はまた右手をもとの位置に戻した。

「第二新卒で転職するっていうのは、そういうことです。特別な経験や実力は問われないかわり、もう一度、新卒と同じスタートラインに立たないといけません」

　今とは全然違うゴールをめざすのであれば、その価値はある。これまで走ってきた距離のことは潔く忘れて、心機一転、足を踏み出すしかない。それでも働いてみたい会社や、やってみたい仕事があるのなら。学生時代に内定をとりそこねた企業にどうしても再挑戦したい、この会社ではいつまで経っても希望の仕事はできそうにない、そういう切実な想いがあるのなら。

　でも、はたして七尾はどうだろう？

「最初からマーケティングに配属してくれる会社も、探せばあるんじゃないですか？　職種別採用とかで。それなら、下働きでもまだがまんできるかも」

　彼女の声は、さっきまでの勢いを失っていた。香澄は静かに手のひらを合わせた。

「マーケティングなら、どこの会社でもいいんですか？　七尾さんがやりたいのは、メグローザのマーケティングじゃないんですか？」

　だまされた、と憎まれ口をたたきながらも、七尾はメグローザという会社自体をきらいになったわけではないようだった。たった十分ばかり話を聞いただけでも、それは言葉の端々から伝わってきた。

「わたしは今日はじめてお会いしたばかりで、完全に状況を理解できているとは思えません。転職するなと決めつけるつもりもありません。ただ、もう少しじっくり考えてみていただきたいんです。七尾さんは、せっかくメグローザという会社に選ばれたんですよ」

　七尾はなにも言わずにうつむいている。彼女の心に届くようにと念じつつ、香澄は言い添えた。

「どうか、ご自分のキャリアを大切にして下さい」

四時からの当番にあたる福井と交代した後、ブースの裏手に置いた荷物をとりにいったところで、思いがけず声をかけられた。

「おつかれさまです」

宮崎だった。雑然と置かれた段ボール箱のひとつに腰を下ろし、携帯電話をいじっている。

「まだいたの?」

香澄は思わず声を上げてしまった。しっ、と宮崎が口もとにひとさし指を立てる。

「あんまり大きい声出すと、あっちに聞こえちゃいますよ」

仕切りの壁をあごで示す。そう言われれば、向こうから福井の声がもれ聞こえてくる。

「自分の当番以外の時間も、ひまなら裏で聞いとけって石川さんに言われたんです。勉強になるからって」

「え。もしかして、二時からずっと?」

「いえ、昼めし食いに出たんで、聞けたのは後半の一時間ちょいですね」

宮崎は屈託なく答えた。

「なにそれ。やめてよ、恥ずかしい」

そうならそうと教えてほしい。いや、前もって聞かされたら変に意識してしまいそうだから、それも困る。自分は当番にあたっていないのをいいことに、そんな入れ知恵をした石川もひどい。

「恥ずかしがることないですって。千葉さん、めっちゃいいこと言ってたじゃないですか。さすがです」

真顔でほめられ、いっそう気恥ずかしくなってきた。そんなことないよ、と香澄はもごもごと否定して、そそくさとかばんをつかんだ。

「じゃあ、わたしは帰るね。おつかれさまでした」

「あ、おれもそろそろ出ます」

ふたりで連れだって、通路に出た。場内は依然として混みあっている。

企業ブースの間をぬって出口まで向かう途中で、今日はほんとに勉強になりました、と宮崎はまたしても話を蒸し返した。

「特にあの、最後の女の子のがよかったです……ご自分のキャリアを大切にして下さい、ってやつ」

「やめてってば、もう」

七尾と向かいあっているときには確かに本気でそう思ったのに、こうして他人の口から聞かされると、そらぞらしく感じられるのはなぜだろう。言葉というのは不思議なものだ。同じひとことが時と場合によって、心揺さぶる助言にも、つまらない一般論にもなりえてしまう。しらじらしい正論にも、うそくさいきれいごとにも。

七尾の耳に、香澄の忠告はどう響いただろう。

転職活動を続けるともやめるとも、彼女は言わなかった。それでも去り際に、「ありがとうございました」と一礼してくれたので、香澄は少しほっとした。今後のことはさておき、日頃の鬱憤を吐き出せただけでも、多少は気が晴れたかもしれない。

「かわいい子でしたよね」

「えっ、見たの?」

「聞いてるうちに、どんな子か気になってきちゃって。帰ってくとこを、ちらっとのぞいたんです」

宮崎がきまり悪そうに頭をかいた。

「勝手な憶測ですけど、彼女ってたぶん、学生時代を思いっきり謳歌《おうか》してたタイプじゃないですか。いかにもきらきらした青春送ってそうな。それでよけいに、今のぱっとしない状況にいらついてるのかも。びしっと言ってあげて正解だったと思います」

「なるほどね」

なかなか鋭い。

「まあでも、あの子の気持ちもちょっとわかりますけどね」

「宮崎くんも、きらきらしてたんだ?」

経験があるから共感できたのか、と合点《がてん》しかけた香澄に、

「違いますよ。そこじゃなくて」

と宮崎は苦笑まじりに首を振ってみせた。

「おれも入社して一、二年は、けっこうくよくよしてたんです」

「そうなの？」

初耳だった。よくも悪くも素直な性格の宮崎なら、どんな環境に放りこまれても順応していけそうだ。現に、失敗して落ちこんでも立ち直りは早い。

「キャリアアドバイザー志望なのに、まず営業に配属されたでしょ。頭では理解してるんですよ、会社の方針だからしかたないって。でもやっぱ、なんかイメージと違って」

宮崎の歩調がわずかに落ちた。

「二年目だったかな、あたりのきついお客さんの担当になったんです。中小企業で、エージェント使うのにも慣れてないっぽくて、変に構えちゃってるような」

「ああ、たまにいるね。慣れてない分、なめられたくない、みたいな」

「そうなんです、まさにそれで、やたらに圧をかけてきて」

宮崎なりに一生懸命やっていたのだけれど、いい人材を紹介できず、しびれを切らした先方が契約を打ち切りたいと言い出した。

「お前らのせいだ、やる気がないからうまくいかないんだろ、みたいに責められまくって。おれもかちんときちゃって、最後はまあまあ険悪でした」

香澄も営業部で働いていた頃、採用活動が難航し、顧客からいらだちをぶつけられたことは何度かあった。こちらの力不足を謝るしかないのだが、自社の優先順位が低いのでは、手を抜いているのでは、と疑われるのはつらかった。役に立てなくて、こっちだって歯がゆいのに。

「捨てぜりふがまた強烈で。あれこれきれいごと言ったって、お宅のやってる仕事って要するに人身売買でしょ、って」

香澄は絶句した。人身売買とは、さすがに言われたことがない。

「なんかもうね、ショックで。心が折れました。ちょうどプライベートもごちゃごちゃしてた時期で、どんどん気持ちが暗くなって、地元に戻ろうかとまで思い詰めて」

鬱々としていたところ、当時上司だった奈良に見とがめられ、事情を聞かれた。

「で、笑い飛ばされました」

うわあ、物騒なこと言いよるやつもおるもんやなあ、と一笑に付されたそうだ。そこは言い返さなあかんやろ、ほな金払《はろ》てるあんたかて同罪ちゃうの、てな。お前、そんなことでしょげとったんか？　見かけによらず繊細なやっちゃな。

「おれらが売ってるんは、会員さんと会社さんをつなぐ、そのサービスやろ？　人間を売るわけやない。逆に、人間を商品と思たらあかん。この業界、たまに勘違いしとるやつもおるけど、それは絶対にあかん」

宮崎の関西弁にはそうとう無理があるが、奈良の言葉をできるだけ正確に再現したい一心なのだろう。なんやねん、そのエセ関西弁は、と当の奈良にはいやがられそうだけれども。

「さっきの子の気持ちがわかるって言ったの、そういうことなんです。一からやり直したいって言ってたじゃないですか、彼女。その気持ち、おれも身に覚えがあるんで」

宮崎は遠くを見るように目を細めている。

「ありますよね、とりあえず全部リセットしちゃえば、道がひらける気がするとき。ここじゃないどこかに行ったら、なにもかもうまくいくんじゃないか、みたいな」

わたしにもある、と言うべきか少し迷って、香澄はうなずくだけにした。宮崎が半分ひとりごとのようにつけ加えた。

「だけど、結局それって幻想なんだよな」

「そうだね」

今度は声に出して、香澄も同意した。

ままならない現実から目をそむけ、ここじゃないどこかへ逃げ出すだけでは、根本的な解決にはならない。もちろん、一刻も早く逃げるべき劣悪な環境であれば、たとえば香澄が以前担当した二宮のような場合は、話が別だが。

「千葉さんの話聞いて、初心に立ち返れたっていうか。内定もらえたときは、あんなにうれしかったし感謝もしたのに、いつのまにか忘れてた」

無邪気に言いきれる宮崎が、なんだかまぶしい。初心といわれても、ピタキャリアに入社したときにどう感じたか、香澄自身は覚えてもいない。意志も希望もなかった。ソフィアに言い含められ、ピタグループの厚意に甘え、流されるままにここへたどり着いただけだった。

「やっぱりさすがですよ、千葉さんは」

「やめてって言ってるでしょ、そういうの」

いたたまれなくて、香澄はぶっきらぼうに言い返す。宮崎は香澄を買いかぶっているふしがある。

「そんな、照れなくても」

宮崎はまたもや見当違いなことを言い、それにしても、とため息をついた。

「こうやって見ると、世の中にはほんとにたくさん会社がありますね。こんなにある中から自分にぴったり合うところを見つけるって、考えてみたらすごいことだよなあ」

おもむろに左右を見回している。香澄も宮崎にならって首をめぐらせた拍子に、見覚えのあるロゴが目にとまった。

「あ、スミダック」

「そういや、こないだエンジニアがひとり決まってましたよね?」

一ノ瀬慎は、今月のはじめに無事スミダックに入社した。

こうして考えてみると、彼の転職はしごく前向きなものだった。今の場所から逃げたのではなく、そこでは実現できそうにない夢をかなえるために、勇気を出して飛びたったのだから。

「ああ、のどかわいたな。千葉さんはこの後どうするんですか？　時間あるなら、お茶でもしません？」

「お茶ねえ」

二時間も喋り通したせいか、香澄ののどもからからだけれど、これはお茶を飲んだくらいでおさまるだろうか。

「あ、お茶じゃなくてもいいですよね？　労働の後だし」

生返事の裏を読んだのか、宮崎はしたり顔で言う。

八月

見渡す限り、どこまでも緑が続いている。風が吹くたびに木々のこずえがざわざわとしなり、かしましい蟬《せみ》の声とまじりあう。頭上からこぼれ落ちてくるこもれびが、足もとの土にちらちらと水玉模様を描いている。

木の根や石ころにつまずかないように用心しながら、香澄はせっせと山道を歩く。隣をゆく栄子の足どりは軽い。ゆだんしていると、すぐに距離が開いてしまう。

先週の昼休み、オフィスの一階でエレベーターを待っていたら、栄子と会った。

「暑いねえ」

「ほんと、暑い」

言いかわした後、栄子は香澄をじろじろと眺めた。

「香澄、仕事忙しいの？」

「ううん。今月はたいしたことない」

お盆休みの前後は、採用の選考も進まない。社長や重役が夏季休暇でながながと不在になる外資系企業も多く、営業部では面接の日程調整に苦労しているようだ。

「そう？　ならいいけど」

栄子はまだ香澄の顔から目を離さない。

「なんで？　疲れてるように見える？　この暑さで、ちょっとばてちゃってるかな」

昔から暑いのは苦手だったが、年々ひどくなっている。会社や電車の冷房がきつすぎて、外との温度差に体がついていけない。福井と雑談していて、異様に汗が出てとまらないことがあるとこぼしたところ、「更年期の前兆かもよ」とおどされた。四十代になったばかりでまだ早いと思う、というか、思いたい。

「ばてるっていうか……」

栄子が首をかしげた。

「香澄、気が弱ってない？」

「キ？」

「気だよ、気。オーラ」

　ぽかんとしている香澄に、おおまじめに答える。現実主義で合理的な性格の栄子は、目に見えないものなど信じなさそうなのに、意外にこの手の話を好むのだ。占いも好きだし、なにかにつけて験《げん》をかつぎ、一時期はパワースポットや霊場めぐりに熱を上げていた。けっこう霊感も強いらしい。

　香澄はそちら方面にはからきし疎《うと》い。栄子が熱く語り出したら、聞き役に徹している。が、深く考えずに相槌を打っているうちに、いつのまにか仲間にひきこまれてしまうときもある。

　香澄が離婚した直後、栄子はとりわけはりきっていた。由緒ある神社でお祓《はら》いしてもらい、あたると評判の占い師に相談を持ちかけた。たいして興味は持てないままに、香澄はおとなしく栄子に連れられて方々へ出かけた。見知らぬ場所へ出向くのは気分転換になった。休日にひとりぼっちで家に閉じこもっていても、気が塞《ふさ》ぐばかりでなにもいいことはない。なにより、栄子が友達の行く末を真剣に案じてくれているのが、ひしひしと伝わってきた。

　ただ、香澄の本音は栄子もうすうす察していたようで、その後は誘われる機会も減った。香澄が本厄《ほんやく》を迎えた年に、ふたりで厄除《よ》け祈願に出かけたのが最後だろうか。生まれ年が一年早い栄子は、後厄にあたっていた。本人はもちろん、前年にも抜かりなく厄祓いをすませたらしい。

あれは四年前か、それとも五年前だったか、頭の中で計算している香澄の肩に、栄子が手を置いた。

「森に行こう、香澄」

そういうわけで、八月末の日曜日、香澄は森にいる。

ターミナル駅で栄子と合流し、特急電車に乗り換えた。窓の外を流れていく風景に既視感があると思ったら、二、三カ月前だったか、中野化成に勤める五味佳乃と会うため、研究所のそばまで出向いたときに使った路線だった。すでに彼女は夫とともに九州へ引っ越しているはずだ。新しい職場になじめているだろうか。

特急の終点から、さらに西へ向かう電車を乗り継いで、目的地の最寄り駅に到着したのは昼前だった。屋根のないホームに降りるなり、早くも汗ばんできた香澄は、車内ではおっていた薄手のカーディガンを脱いだ。

「香澄、それ入る？　預かろうか？」

「いや、大丈夫」

手早くたたみ、肩にかけたトートバッグの中にしまう。栄子のほうは、どこかで野宿でもできそうな、巨大なリュックサックを背負っている。夫に借りてきたそうだ。

もちろん、野宿をする予定はない。

日帰りで行けるところにしよう、香澄は初心者だしね、と栄子は言った。歩きやすい格好で来てね。登山するわけじゃないから、普通のスニーカーで十分。お弁当はわたしが用意するよ。飲みものはワインかなあ、香澄はおつまみ買ってきてくれる？　あとは、わたしに任せて。

任せて、と栄子が請けあったときには、遠慮せずに甘えたほうがいい。変に気を遣っても、かえってじゃまになってしまう。なにか手伝ってほしければ、その具体的な内容を、栄子ははっきりと口にする。

とはいえ、予想を上回る大荷物を目《ま》のあたりにして、香澄は申し訳なくなった。

「重くない？」

「いいのいいの。こうやって負荷かけたほうがカロリー消費するし、ダイエットになるもん。有酸素運動は体にいいんだよ」

冗談とも本気ともつかない調子で流された。オーラも気も、カロリーも有酸素運動も、栄子の脳内では自由に共存しているのだ。

栄子の案内でハイキングコースに入ると、香澄の汗は少しずつひいた。木陰《こかげ》にのびる小《こ》径《みち》はひんやりと涼しく、勾配《こうばい》もゆるやかで歩きやすい。

「ああ、生き返る。こういう緑の中って、魂《たましい》が浄化されるよね」

栄子が両手をうんと上げて伸びをした。香澄には魂のことはよくわからないけれど、すがすがしく澄んだ空気は心地いい。

「栄子はよく来てるの、ここ？」

「これで三度目。アウトドアって全然興味なかったのに、完全にはまっちゃった」

関心が芽生えたきっかけは、ピタグループ横断で行われた管理職向けの外部研修だという。合宿形式で上級管理職のありかたについて学ぶ、という趣旨だった。

その研修が開かれる直前に、たまたまふたりで飲みにいったので、香澄も少し話を聞いた。土日がまるまるつぶれるんだよ、と栄子は憂鬱そうにぼやいていた。めんどくさいなあ。だいたい、そういうのって他人に教わることじゃなくない？

「でも行ってみたら、意外によくてさ」

「どんなことするの？」

「まず、いくつかのグループに分かれて、森に入るの。こういうハイキングコースじゃなくて、ほとんど人間の手が入ってないような、もっと自然に近い森」

香澄も人材にかかわる仕事をしているから、目新しい研修の話題は耳に入ってくる。昨今では、従来のような講義形式ばかりでなく、泊まりがけで遠方に出かけたり、著名人を講師として招いたり、工夫が凝《こ》らされているようだ。

しかし、森というのははじめて聞いた。

「でね、しばらくうろうろ歩き回って、各自好きな場所を見つけるの。切り株とか、岩の上とか、木の根もととか。それから三時間くらいかな、そこを動かないで、ひたすらじっとしてる」

携帯電話も本も、時間つぶしの道具は一切持ちこみ禁止だし、話し相手もいない。体ひとつで、ぼうっと時を過ごすしかない。

「三時間も？　ひまじゃない？」

香澄の素朴な疑問に、栄子は深くうなずいてみせた。

「ひまだよ。わたしも最初、なにこれって思った。こんなの意味あんの、貴重な休みを返せって。でも、なにするでもなく座ってとりとめもないこと考えてたら、だんだん気持ちが落ち着いてきて」

「日常から離れて、リラックスできるってこと？」

「それもあるし、なんて言ったらいいのかな、妙に安らかな気分になるんだよ」

栄子は言葉を探すように、ゆっくりと説明する。

「大きなものに守られてるっていうか、包まれてるっていうか、そんな感じ。言葉ではうまく説明しにくいけど、自分も森の一部になった、みたいな？」

決められた時間になったら、また全員で集まって、ひとりでいる間にどんなことを考えたかを話しあう。

「そしたら、自分でもびっくりするくらい、本音で喋れちゃって。当然、仕事の話も出るし、けっこう熱い議論になったりもするんだよ。けど、ふだんなら腹が立つような厳しいこと言われても、わりと受け入れられちゃうの。森のパワー、おそるべし」

「その研修で、気とかオーラとかの話も出たの？」

香澄がたずねると、栄子は首を振った。

「ううん、それはわたし個人の解釈。会社の研修でそういうのは、さすがにちょっとあれでしょ？」

「そういうの」が好きなわりに、盲信しているわけでもないのが、栄子らしいといえば栄子らしい。

「そっち系の話、毛嫌いするひともいるしね。そういえばこないだ、ソフィアの相性判断に四柱推命《しちゅうすいめい》の要素も入れてみないかって社長に提案したんだけどね。即、却下」

「だろうね」

香澄は苦笑した。

「別に、なにもかも占いで決めろっていうんじゃないよ。ひとつの参考情報として役立つかもって思っただけなのに、そんな非科学的なことしたら会社の信用が下がるって。ひどくない？　四柱推命って自然科学をもとにしてるんだよ？」

「え、そうなの？」

「そうだよ。千年も歴史があるんだから」

他愛《たわい》のないことを喋りながら歩くのは、小学生の頃の遠足のようだった。話題が変わってしまっただけだ。流行《はや》りのテレビ番組や、回し読みしている漫画のかわりに、体調不良に効《き》くサプリメントや、気難しい上司が話に上る。もっとも、夫や姑《しゅうとめ》の愚痴やら子どもの教育問題やらで盛りあがれない分、四十路《よそじ》の女どうしの会話としてはやや偏《かたよ》っているかもしれない。

「誠治さんたち、今日はおうちにいるの?」

香澄は聞いてみた。

「いや、サッカーの練習試合。もはや、子どもよりパパのほうが本気」

元サッカー部の誠治も、コーチのひとりとして参加しているらしい。栄子がひじを曲げ、背中のリュックサックを肩越しに指さした。

「そっちのお弁当も作んなきゃいけなかったから、ちょうどよかったよ」

「ありがとう」

香澄はつぶやいた。香澄が料理をしないことも、そうなった時期も理由も、栄子は知っている。

「ううん、ふたり分も四人分もたいして変わんないし。でも、揚げもの多め野菜少なめで、全然ヘルシーじゃないから覚悟しといて」

無造作《むぞうさ》に首を振った栄子の頭上を、黄色い蝶《ちょう》がふわりふわりと飛んでいく。


二時間近く歩き、小川のほとりにレジャーシートを広げた。対岸の岩場にぽつぽつと釣り人の姿があるくらいで、こちらの河原には誰もいない。勢いよく流れる水音ばかりが盛大に響いている。

「穴場でしょ?」

栄子がうれしそうに胸を張った。

巨大なリュックサックからは、お弁当箱がふたつと、筒型の保冷バッグに入ったワインボトルも出てきた。香澄も持参したつまみをシートの上に並べる。瓶《びん》詰めのパテにオリーブとピクルス、クラッカー、ドライフルーツ入りのミックスナッツ、どれも昨日のうちにデパートの地下で買っておいたものだ。

「うわあ、ごちそうだね。ワインのお友達が勢ぞろい」

栄子が声をはずませる。

「栄子のお弁当も、おいしそう」

予告どおり揚げものが多めだけれど、空腹なのでがつんと食べたい。

「そっちのひらべったいのがトンカツで、まるっこいのがチキン。一応、試合に勝ちますように、ってね」

「栄子は応援しにいかなくていいの?」

「いい、いい。低学年の間は行ってたけど、最近は息子が来るなって。母親に観られるの、恥ずかしいみたい。ちょっとさびしい気もするけど、楽でいいよ」

同年代の女友達に夫や子どもの話を聞くたび、香澄は奇妙な気持ちになる。

自分の持っていないものを持っている相手への嫉妬《しっと》、というわけではない。劣等感でも、悲しみでも、疎外感でもない。ただ、純粋に不思議なのだった。

わたしにも、こんな人生があったのかもしれない。かもしれないどころか、わたしはこんな人生を歩むだろうと、かつては漠然《ばくぜん》と思い描いていた。それなのに、なぜか、そうはならなかった。

「じゃあさっそく、いただきます」

栄子がぱちんと手を合わせた。香澄もよけいな考えごとはやめ、栄子にならう。

「あっそうだ、きれいなうちに撮っとこう」

箸をとりかけた栄子が、携帯電話を取り出した。弁当箱や惣菜《そうざい》の配置を細かく直し、角度を変えて何枚か撮っている。SNSに投稿するのだろう。明るい光のあふれる野外での昼餐《ちゅうさん》は、写真映えしそうだ。

香澄はSNSの類《たぐい》を一切やらない。今どき珍しいのかもしれない。この間、宮崎にも驚かれた。知りあいと手軽につながれて便利ですよ、とすすめられもした。手軽につながれてしまう、そこがまさに香澄のおそれているところなのだが。

SNS上には、現在だけでなく過去の知りあいの情報も存在している。知りたくもない近況がひょんなところから流れてくるかもしれないし、魔がさしてあれこれ調べてしまうかもしれない。初恋の相手が見る影もなく太っていたとか、元恋人が大金持ちと結婚していて落ちこんだとか、悲しい経験談もちらほら聞く。そのたびに、うっかり手を出すまいと香澄は気をひきしめてきた。

「わあ、このパテおいしい。ピスタチオが入ってる」

栄子が目を見開く。

「栄子のトンカツもおいしいよ」

はじめのうちは釣り人たちの目が少々気になったけれども、紙コップになみなみと注いだワインを一杯飲み干した頃にはもう忘れていた。

「外で食べるごはんって最高じゃない？」

「しかも、ワインつき」

「しかも、真っ昼間」

飲んで、食べて、喋って、また飲む。ワインがじわじわと回っていく。

「ああ、おなかいっぱいになってきた」

香澄は首をそらして空を見上げた。ふわふわした白い雲が浮かんでいる。ちぎって食べたらおいしそうだ。

息を吐くように自然に、口から言葉が転がり出た。

「栄子、ありがとう。連れてきてくれて。ていうか、いつもありがとう」

先ほど聞いた研修の話を思い出す。森の中では気負わず本音が話せるというのは、真実なのかもしれない。

「どうしたの、急にあらたまって。もう酔っぱらっちゃった？」

栄子がけらけらと笑い出す。栄子こそ、と反撃したものの、香澄も照れくさくなってきた。半ば強引に、話を変える。

「どう、わたしの気は？」

「ん、いい感じに回復してきてるねえ」

栄子が香澄のほうへぐいと身を乗り出した。頬がほのかに赤らんでいる。ふだんはいくら飲んでも顔には出にくいのに、ちょっと珍しい。

「そうだ、忘れてた。香澄に話があったんだった」

「話？」

「あのね、紹介したい男の子がいるの」

香澄は小さくむせた。

「男の子っていっても、もう三十代だけど。誠治の従弟《いとこ》。お盆に会って、香澄のこと話したら興味しんしんで」

栄子は機嫌よく言う。

「電話でもいいけど、できれば直接会って話がしたいって。来週あたり、時間作ってもらえないかな？」

こういうことは、今までにも何度かあった。顔の広い栄子は、公私にわたる人脈を駆使して、香澄のために未婚の男性を探してくるのだ。むろん悪気はない。悪気どころか、善意しかない。だから、むげに拒絶しにくい。断りきれずに相手とひきあわされたこともあるけれど、それ以上のつきあいには進展しなかった。

昼酒の酔いが、急速に醒《さ》めていく。

「ええと、来週はちょっと……」

「そっか、急すぎるよね。じゃあ、再来週はどう？」

「あの、えっと、せっかくなんだけどね」

香澄は注意深く言葉を選ぶ。経験上、ここで上手にかわさないと、気詰まりな言い争いが待っている。

「ちょっと、気が進まないっていうか……そんな気持ちで会うのも、かえって失礼だし……」

「気が進まない？　なんで？」

「いや、あの」

香澄がさらに弁解しかけたところで、栄子が眉根を寄せた。

「あれ？　香澄、もしかして誤解してる？」

誠治の従弟は、転職を考えているのだという。つまり、交際相手ではなく、ピタキャリアのお客として、栄子は彼を香澄に紹介したかったらしい。

「なあんだ。どうしてそんな変な顔してるのかと思った」

栄子が空《から》になった香澄の紙コップをとりあげて、ワインのおかわりをどぼどぼと注いでくれた。

「真人《まなと》くんはね、かっこいいんだけど、残念ながら既婚者なんだ」

無念そうに言う。

「そういえば最近、そっちの紹介もご無沙汰《ぶさた》だったね。ごめん、ごめん」

「いいよ、わたしのことはお気遣いなく」

そっとしておいてもらえるほうが、ありがたい。

「まあまあ、遠慮しないで」

「いいって、ほんとに」

酔っているせいか、声がうわずってしまった。しまった、と思う。栄子が小さくため息をついた。

「あのさ、香澄」

姿勢を正し、口調をあらためる。

「わたしだって、結婚が女の幸せだとか、ひとりじゃ老後がさびしいとか、くだらない説教はしないよ。ピタマリーの社員がこんなこと言うのもなんだけど、今の時代、結婚ってかたちにこだわる必要もないと思うし」

栄子が自らの価値観を無理やり押しつけようとしているのではないことは、香澄にもわかっている。自分に夫と子どもがいるからといって、家庭こそが幸福の絶対条件だと信じこんでいるわけでもない。ただひたむきに、心から、香澄がよりよい人生を送れるようにと願ってくれている――ひょっとしたら、香澄自身よりも強く。

香澄だって、たとえば会員たちに対しては、転職を通じてよりよい人生を送ってもらいたいと思う。がんばってほしいとも、香澄にできることはやりたいとも思う。

なのに、なぜだろう。自分のこととなると、がんばる気にも、できることをやろうという気にも、全然なれない。

「なにも再婚しろとは言わない。だけどね、休みの日を一緒に過ごせるような相棒がいるのって、たぶん悪くないよ」

「それはそうかもね。でもまあ、いないものはしょうがないし」

めいっぱい冗談めかして、切り抜けようとしたつもりだった。が、栄子はぴくりと眉をつりあげた。

「そこだよ」

「え？」

「香澄はしょうがないから、ひとりでいるんだよね？　どうしてもひとりでいたいわけじゃなくて。だったら、もうちょっと周りに目を向けてみてもよくない？」

「いや、それは、言葉のあやっていうか……」

香澄はあせって答える。栄子の鋭い目つきに気圧《けお》されて、うまく言葉が出てこない。

「ええと、わたしが言いたかったのは、つまり……」

栄子から、それこそ冗談めかしてたしなめられることはあっても、ここまで正面きって諭されるのははじめてだ。

「わかるよ、香澄の言いたいことは。ひとりでもそれなりに楽しくやれてる、って言いたいんでしょ？」

栄子がさえぎった。

「それがうそだとは思わない。香澄は自立してる。ひとりでもちゃんとやっていけてる。でも、だからって、それ以外の可能性を頭から否定することないんじゃない？　選択肢はひとつじゃないんだよ？」

怒っているふうではない。どちらかといえば、悲しそうだ。

「一回失敗したからって、次もだめだって決めつけてたら、いつまで経ってもなんにも変わんないよ。あんなやつのせいで投げやりになるの、もったいないって」

あんなやつ、と香澄は胸の中で繰り返した。栄子が裕一の話にふれるのは、何年ぶりだろう。

やっぱり、森にはひとを素直にさせる力があるのだろうか。日頃はみだりに口には出せない本心が、知らず知らずのうちに引き出されてしまうのだろうか。

いつのまにか日が陰っていた。すっかり耳になじんでいた川の水音と蟬の声が、くっきりと聞こえてきた。

八田《はった》真人がピタキャリアを訪ねてきたのは、その翌週のことだった。

栄子が言っていたとおり、さわやかな好青年である。とびぬけた美形というわけではないが、今ふうの涼しげな顔だちで、背がすらりと高い。近頃テレビでよく見かける、人気の若手俳優にちょっと似ている。

「お忙しいところ、お時間いただいてすみません。千葉さんにお願いすれば安心だって、栄子さんにうかがって」

森に行った日以来、栄子には会っていない。

その場で仲直りはした。ごめん、こっちこそごめん、と謝りあって、ぎこちない笑みもかわした。が、それまでのようにくつろげるわけもなく、早々に荷物をまとめて帰途についた。

「わたしでお役に立てればいいんですが」

「いいえ、頼もしいです。うちの従兄《いとこ》も、栄子さんの言うことを聞いとけば間違いないって。どうぞよろしくお願いします」

そうだ、栄子の言うことには間違いがない。

「こちらこそ、どうぞよろしくお願いします」

香澄は八田に一礼し、笑顔を作った。仕事中に気を散らしていてはいけない。

まずは自己紹介も兼ねて、八田の経歴を聞いた。話が途中からややこしい方向に脱線してしまったせいで、栄子から詳しく教えてもらいそびれている。わかっているのは、彼が三十歳で、自動車部品メーカーの葛飾《かつしか》精機に在職中ということくらいだ。技術職なので通常なら第二課の管轄だが、ぜひ千葉さんにお願いしたいと指名され、香澄が受け持つことに決まった。

八田は信州の生まれで、地元の国立大学に通い、大学院では機械工学を専攻したという。

「子どもの頃から、とにかく車が大好きで」

就職活動でも、自動車の設計にかかわれそうな会社を片っ端から回り、いくつか内定がとれた中から葛飾精機を選んだ。設計開発部に配属され、他部署への異動もなく、この春に七年目を迎えた。

自動車部品のメーカーは、当然ながら、製品の供給先である完成車メーカーと関係が深い。葛飾精機は、日本屈指の自動車会社として名高い大田自動車の系列だ。グループ傘下で最大の規模を誇り、自社の下にも多くの子会社を抱えている。

部品メーカーといっても、エンジンを主に製造している会社、ライトや電装品に特化した会社、シートや内外装を手がける会社、と多岐にわたる。なにしろ自動車には部品が多い。一台の車に、小さなものまで合わせると、二、三万点を使うといわれる。葛飾精機の主力製品は、ブレーキやクラッチといった駆動系の部品である。

「僕は今、駆動技術課の制御グループで働いています。ここ一年ほどは、ATの変速線設計を担当してます」

「エーティーノヘンソクセンセッケイ……」

香澄はたどたどしく復唱した。業界の動向や会社の事業内容はざっと頭に入っているけれども、技術的な詳細はおぼつかない。

「ああ、失礼しました。ATは、オートマチックトランスミッションの略です。いわゆるオートマ車の、自動変速機ですね」

八田は丁寧に補足してくれた。

「で、変速線設計っていうのは、車の走る環境によって、適切なギヤを選んでスピードを変えられるように設計していくことです。坂の上り下りとか、温度や気圧なんかによっても、最適なギヤは違ってくるので」

このくらいかみくだいて解説してもらえれば、香澄にも理解できる。

会員との面談で専門用語が飛び出すことはままある。彼らの常識が、香澄にとってはちんぷんかんぷんという事態も起こる。特に、研究室に長年こもってきた理系職の多くは、しろうとへの説明には不慣れで、口下手なことも多い。そうかと思えば、専門領域の話になったとたん、別人のように滔々《とうとう》と語り出してとまらなくなったりもする。

そこで、面接前の準備と練習が欠かせない。面接官には人事部もいれば役員もいる。みんながみんな、その道の専門家とは限らない。職務経歴書は研究論文ではないし、面接は学会発表の場ではない。先方が知りたがっているのは研究成果ではなく、人間性や志望動機だ。

香澄がこれまで担当した中で最も強烈だったのは、とある研究機関でゲノム解析に携わっていた男性会員である。人事部との一次面接で、ゲノムにまつわる最新の学説を夢中でまくしたて、困惑した面接官が話題を変えようとすると、「僕のことはいいですから！」と一喝《いっかつ》したという。研究者としては謙虚で立派な態度だといえなくもないが、自身の能力や個性をアピールできなければ、面接は突破できない。香澄からもよく注意しておいたのに、本番では緊張のあまり暴走してしまったらしい。

その点、八田は問題なさそうだ。相手が話についてこられているかどうか、配慮できる余裕がある。

「今の仕事も、楽しくやってはいるんです。人間関係もすごくよくて、職場環境には文句ありません。だけどやっぱり、車の一部分だけじゃなくて全体にかかわりたくて」

「ということは、完成車メーカーに転職をご希望ですか？」

「はい、あの……」

よどみなく話していた八田は、そこではじめて口ごもった。

「完成車ならどこでも、ってわけじゃなくて。僕、大田自動車で働きたいんです」

「そうですか……」

今度は香澄が口ごもった。八田がためらいがちに聞く。

「高望みしすぎでしょうか？」

「いえ、そういうわけでは」

大田自動車はピタキャリアの大口顧客だ。名門企業だが、八田は経歴の面でも人柄の面でも、これまで内定を勝ちとった会員たちに引けを取らない。技術職は人手不足らしく、ほぼ年中募集している。香澄も二課にいたときは何人も会員を紹介した。

もし設計部門に当面の空きがなくても、いい人材がいると先方に持ちかければ、会ってみようかと乗り気になってもらえるかもしれない。営業担当には、香澄が入社した頃からずっと秋田がついている。受注した要員枠を単に埋めるだけでなく、顧客と密な関係を築いた上で潜在的なニーズを掘り起こしていくのが、彼のようなベテラン営業の腕の見せどころだ。そうやって本採用にこぎつけた例もある。

ただひとつだけ、香澄には気になる点がある。

「最初から一社だけにしぼるというのは、あまりおすすめできません」

八田に限らず、どの会員にも伝えていることだ。自分に合う会社が他にもあるかもしれないのに、先入観や思いこみで可能性を狭《せば》めてはもったいない。さらにいうなら、ピタキャリアとしても、たったひとつの不採用で転職活動を打ち切られてしまうのはありがたくない。応募先の選択肢が増えれば、そのうちどこかから内定が出る確率も上がる。

「八田さんのご経歴なら、たくさんの企業が興味を持つはずです。他の完成車メーカーもそうですし、もしかしたら業界外でも、ご活躍のチャンスがあるかもしれません。せっかくなので、もう少し視野を広げて検討されてはどうでしょうか」

「でも、僕はオオタの車が好きなんです」

八田がじれったそうに香澄をさえぎった。

「会社としての方向性や開発方針や技術力、全部ひっくるめて。だから、どうしてもオオタの車を作りたいんです」

頰が上気し、瞳はきらきらと輝いている。

「実は僕、新卒のときもオオタを受けました。いい感じに進んでたつもりだったのに、最終で落ちました」

それで第二志望の葛飾精機に就職した。仕事は思っていたよりもおもしろかった。同僚や上司にも恵まれた。技術を磨き、知識が増し、自動車のことがますます好きになった。

そして好きになればなるほど、やっぱり業界首位に君臨する大田自動車で働いてみたいと思うようになった。

「学生時代の僕は、なんにもわかってなかった。オオタの車がかっこいいから、ただなんとなくあこがれてただけで。後から考えると、先に他社から内定もらって、気がゆるんでたっていうか、調子に乗ってた気もします」

八田はだしぬけに立ちあがり、がばりと頭を下げた。

「お願いします。どうか、力を貸して下さい。昔の僕よりも今のほうが、オオタで働きたい気持ちは何倍も強いです。僕なりに勉強もしてきたつもりだし、今なら役に立てると思うんです」

張り詰めた声に、本気と覚悟がみなぎっている。今さら他の可能性だの選択肢だのを持ち出す余地はないのが、香澄にもわかった。何年もかけて、それらは少しずつ消えていったのだろう。

可能性。はっとして、声に出さずにつぶやく。可能性や、選択肢。

八田のつむじを見下ろしながら、一瞬だけ、目の前に緑の森が広がった。頭の中で栄子の声が響く。それ以外の可能性を頭から否定することないんじゃない？　選択肢はひとつじゃないんだよ？

わたしには八田ほどの本気も覚悟もないと、栄子もたぶんわかっているのだ。

「わかりました」

香澄も立ちあがった。こうなったら、こっちも本気で応援するしかない。

「そこまでおっしゃるなら、大田自動車一本でいきましょう。わたしもできる限りお手伝いします」

「ありがとうございます！」

八田が顔を上げた。曇りのない笑みがまぶしくて、香澄は急いで頭を下げ返す。

九月

九月はめまぐるしく過ぎた。

企業の夏季休暇で滞《とどこお》りがちだった採用選考が再開された上に、新規の会員登録もいつになく多かった。七月の転職フェスタも例年以上の反響があったらしい。商売繁盛はなによりなのだが、キャリアサポート部の面々は対応に忙殺された。

こうも忙しいと体調にも影響が出る。仕事が増えれば増えるほど生き生きする石川は例外として、宮崎は顔中に吹き出物をこしらえて落ちこみ、隣の二課では季節はずれの風邪が大流行している。

そして香澄は、なぜか腰にきた。

二十代の頃から慢性的な肩こりには悩まされてきたけれども、腰痛は生まれてはじめてだ。体の軸《じく》がぐらつく感じで心もとない。立ったり歩いたりする分にはそこまで支障がないものの、座っているとじわりじわりと痛み出す。会議中にもぞもぞしていたら、「千葉さんどうしたの、もしかして腰?」と福井に目ざとく見とがめられ、腕のいい整体院を教えてもらった。

香澄は本来、マッサージやエステの類には興味がない。女友達に誘われ、つきあいで試してみたことがあるくらいで、通うほどの魅力は感じなかった。他人に体をさわられるのがあまり好きではないせいだろう。施術中の会話も苦手だ。同じ理由で、美容院もなじみの店しか行かない。

しかしながら、背に腹は代えられない。腰も。

その日のうちに、さっそく電話で問いあわせてみた。運よく、次の土曜日に予約がとれた。

当日、はじめて降りる駅の改札を、香澄は腰をかばいつつよたよたと抜けた。駅前には商店街のアーケードがのび、庶民的なたたずまいの個人商店が軒を連ねている。週末の昼下がりだからか、近所の住民と思しき普段着の家族連れが多い。

整体院は、アーケードからひと筋はずれた路地裏にあった。初老の整体師に指示されるまま、香澄は施術衣に着替え、硬いベッドにうつぶせに横たわった。

彼は痛む箇所なり症状なりを質問するでもなく、香澄の背中にすっと両手を置いた。

「力を抜いて下さい」

肩から腰にかけて、ゆっくりと手のひらを往復させはじめる。子どもの背をさすってあやすような、優しい手つきだった。規則正しいリズムが眠気を誘う。

うとうとしかけていたら、突然、腰の一点をとんと押された。

痛い。と叫んだつもりだったのに、声は出なかった。ひゅうひゅうと頼りない息だけがのどからもれる。

あまりに痛いと、泣くよりも笑えてくるのはなぜだろう。小学校の体育で足の小指を骨折したときのことを、唐突に思い出す。まさか折れているとは思わず、家に帰ってからも黙ってがまんしていたら、夜には指全体が不気味な青紫色に腫《は》れあがった。母は心配しながらも、あんたはちょっと鈍いのよねえ、と半分あきれていた。がまん強いんだよな、と父はかばってくれた。

最後に声を上げて泣いたのはいつだろう、とふと思う。

「力を、抜いて下さい」

頭上から声がした。香澄は深く息を吐き、頭を空っぽにして目を閉じた。

きっかり一時間後に、香澄は整体院を後にした。

腰の痛みはうそみたいに和らいでいる。腰ばかりでなく、全身が驚くほど軽い。ついでに気持ちも晴れやかだった。体が弱ると心も弱る。

アーケードまで戻ったところで、せっかくだからもう少し散策してみようかと思いたった。

あてずっぽうに店先をのぞきながら、駅とは反対の方角に向かって歩く。下町らしい風情はもの珍しい反面、どこかなつかしい気分にもなってくる。家も会社も、二十三区のどちらかといえば西寄りに位置するので、こうして北東にあたる界隈《かいわい》まで足を延ばす機会はめったにない。

知らない町に来ること自体、仕事を除けばずいぶんひさしぶりだ。この間の森といい、栄子についていくことはあっても、自分から足を運ぶなんて何年ぶりだろう。行き先は整体院なので色気もなにもないけれど、見知らぬ場所を歩いていると、心なしか足どりははずむ。それなら日頃から出歩けばいいものを、つい面倒になって近場で用をすませてしまう。そういうところがよくないと栄子なら言うかもしれない。

栄子からは、二、三日前にメッセージが届いた。八田の採用面接が順調に進んでいると本人から聞いたそうで、その礼だった。末尾は、内定がとれたらみんなでお祝いしようね、と栄子らしく気の早い誘いでしめくくられていた。

アーケードの下を五分ほど歩き、年季の入った立ち飲み屋の前を通りかかった。この時間から店先には早くも赤提灯《あかちょうちん》がともり、ジョッキ片手に談笑している客たちがガラス戸越しに見える。

一杯だけ、飲んでいこうか。体もほぐれたし、こんなにいい陽気だし、立ち飲みなら腰にも負担がかからない。吸い寄せられるように足を踏み出しかけたとき、後ろから声をかけられた。

「あの、すみません」

振り向くと、見知らぬ女性が立っていた。年齢は三十歳前後だろうか。くるぶし近くまであるスウェット地のゆったりしたワンピースに、足もとはスニーカーという軽装だ。にっこり笑いかけられ、香澄は面食らって立ちつくした。人違いか、それとも、なにかの勧誘か。

人違いでも、勧誘でもなかった。

「千葉さん、ですよね？」

彼女は嬉々《きき》として言ったのだ。

「おひさしぶりです。わたしのこと、覚えてらっしゃいませんか」

香澄はあらためて彼女の顔をまじまじと眺めた。知っている、ような気もする。切れ長の目もとと、その下の泣きぼくろに、見覚えがある。

「あっ」

香澄の声に、彼女の名乗った声が重なった。

「九鬼《くき》です。九鬼あずさです」

九鬼あずさは、香澄が以前担当していたピタキャリアの会員だ。彼女の転職先が無事に決まって以来、他の多くの会員と同様、再び顔を合わせる機会はなかった。

「おひさしぶりです。お元気そうですね」

正直な感想が口をついて出た。少なくとも、香澄の覚えている彼女よりも、ずっと元気そうに見える。九鬼がはにかんだ笑みを浮かべ、自分の頬をつまんでみせた。

「太ったでしょう？」

というより、前がやせすぎだった。顔色も青白くくすみ、肌荒れが目立ち、おせじにも健康的とはいえなかった。失礼ながら、実年齢よりだいぶ老けても見えた。

「千葉さんは、ちっとも変わらないですね。すぐわかりました」

「その後、お仕事はいかがですか？」

一番知りたいことを、香澄は聞いてみた。

「はい、おかげさまで順調です」

快活な返事に、ほっとした。香澄の仕事はうまくいったらしい。

「あれからどのくらい経つんでしたっけ？」

「先月でちょうど三年になりました。うちの園、すぐそこなんですよ。それで近くに引っ越してきたんです」

三年前に九鬼が就職したのは、保育園だった。子どもの世話をする保育士ではなく、園の運営を担《にな》う裏方の事務職である。

「いいところですね。わたしはこのあたりってはじめて来たんですけど」

香澄が言うと、九鬼は首をかしげた。

「あ、なにかご用事ですか？　時間は大丈夫ですか？」

「いいえ、もう用はすみました。そのへんをちょっとぶらぶらしてみようかと思ってたところで」

三年ぶりに会ったお客様に向かって、飲み屋で一杯ひっかけようとしていたところでした、とはさすがに言いづらい。

九鬼の顔がぱっと明るくなった。

「そうですか。あの、もしよかったら、お茶でもしませんか？」

「いいですね、ぜひ」

こんなところで偶然会ったのもなにかの縁だろう。九鬼の近況も気になる。外見が変わっていたせいで、思い出すのに少々手間どってしまったけれど、彼女の転職はこれまでに手がけた中でもかなり印象的な仕事だった。

「やった。ええと、中国茶って飲まれますか？」

「好きです」

「よかった。このちょっと先に、おいしいお茶屋さんがあるんです。うちの保育士さんから教えてもらったんですけど」

歩き出した九鬼に、香澄もついていく。魅惑的な赤提灯はなるべく見ないようにする。三年ぶりに会ったお客様に向かって、お茶よりビールにしませんか、ともさすがに言いづらい。

商店街のはずれで九鬼は立ちどまった。

「ここです」

民家のような外観だが、道に面した格子戸《こうしど》に草色ののれんがかかっている。茶、の一文字が白く染め抜いてある。

店内は、先ほどの立ち飲み屋に負けず劣らずにぎわっていた。ただし客層はまったく異なり、こちらは女性しかいない。のれんと同じ色のエプロンをつけた若い店員が、ひとつだけ空いていた奥のテーブルに案内してくれた。

香澄はプーアール茶、九鬼はどくだみ茶を注文した。

「入れてよかったです。前に雑誌かなにかで紹介されたみたいで、土日は混むんですよ。平日はましらしいんですけど」

九鬼は言い、いたずらっぽく微笑んだ。

「でもわたし、休みの日にこういうにぎやかなお店に入ると、いまだにわくわくしちゃうんです。暦《こよみ》どおりに休めるって、ほんと最高」

彼女は転職する前、生活雑貨の店で販売員として働いていた。

ネリマリという、全国にチェーン展開している大手で、都内にも店舗をたくさん出している。週末や大型連休といった世間一般の休日がかき入れどきにあたり、販売員はまず休めないという話だった。夜九時や十時まで営業している店も多く、その後に片づけや事務処理をすませて帰宅すると、日付が変わってしまう。九鬼の体調がよさそうなのは、不健康な夜型の暮らしが改善されたおかげもあるのかもしれない。

もっとも九鬼は転職にあたって、勤務曜日や時間帯をそれほど重視していなかった。絶対に譲れない条件が他にあった。

正社員になることだ。

「その節は、本当にお世話になりました」

九鬼がテーブルの上で手をそろえ、頭を下げた。

「千葉さんにはさんざんご迷惑をおかけして、申し訳ありませんでした。最初にお会いしたときなんて、泣いちゃいましたよね、わたし。覚えてます？」

覚えている。

「いきなり泣かれて、びっくりしたでしょう？　自分でもびっくりしましたもん。言い訳じゃないですけど、人前であんなふうになるなんて、あれが最初で最後です」

「面談で感情が昂《たかぶ》ってしまう方は、ときどきいらっしゃいますよ」

実際のところ、泣かれるのは「ときどき」というより「まれに」だけれど、いないわけではない。

「あれは面談っていうより、心理カウンセリングでしたよね。転職相談と恋愛相談と人生相談がごちゃまぜになってたし。あのときのわたし、どん底だったから」

どん底なら、香澄も経験したことがあった。ちょうど、当時の九鬼と同じ年頃に。

だからこそ、彼女の混乱も絶望もよくわかったし、なんとか力になりたいと思ったのだった。

初回の面談で、香澄はいつもそうしているとおり、希望の条件をたずねた。正社員になりたいと九鬼は即答した。

「正社員ですね。他には？」

香澄が重ねて聞くと、彼女は唇をかんでうつむいた。香澄は急《せ》かさず待った。考えこんでしまう会員は珍しくないし、大事なことだから熟慮してもらいたい。

しかし、九鬼は考えこんでいたわけではなかったようだった。長い沈黙の末に顔を上げ、しぼり出すように言った。

「ありません」

やせた頬に、涙が伝っていた。

「正社員にしてもらえるなら、なんでもいいです」

洟《はな》をすすりながら、九鬼は続けた。そして、転職を考えるにいたったいきさつを、つっかえつっかえ語り出した。

高校を出た春から、九鬼はネリマリで働きはじめた。雑貨や文房具が大好きで、そういうものにかかわる仕事がしたかった。社員になれるものならなりたかったけれど、興味をひかれた数社はすべて、大卒以上の募集しかなかった。ネリマリにアルバイトとして勤めようと決めたのは、経験を積めば社員への登用もあると聞いたからだ。

勤務先は、東京郊外のショッピングモールに入っている、比較的大きな店舗だった。社員は店長と副店長のふたりだけで、それ以外はアルバイトで店を回していた。週に二、三日程度のシフトで働く学生やフリーターが大半を占め、週五日、社員と遜色ない勤務時間をこなしている九鬼は少数派だった。

同じ時期に入ったアルバイトたちは、一年後には誰もいなくなっていた。社員は社員で、一、二年で別店や本社へ異動してしまう。まもなくその店舗で最古参のスタッフとなった九鬼は、自然と皆から頼られた。アルバイトは十代や二十代の若者がほとんどで、飲み会をしたりバーベキューをしたり、公私ともに仲がよかった。九鬼は新人に業務の手順を教え、スタッフどうしのもめごとを仲裁し、時には悩み相談にも乗った。店長や副店長からも信頼され、商品の発注管理やアルバイトのシフト調整まで任されるようになった。事務仕事は不得手《ふえて》な社員も多く、パソコン作業を苦にしない九鬼は重宝《ちようほう》された。

勤続五年目に、念願の社員になった。社員は社員でも契約社員だったが、十分うれしかった。

「この調子で次は正社員になればいい、と思ったんですけど」

九鬼はしょんぼりと肩をすぼめた。

副店長として新店舗の立ちあげに参画したのは、その三年後だ。組むことになった男性店長は、同い年の正社員だった。ともに働くうち、互いに好意を持つようになり、やがてそれが恋心に変わって、交際がはじまった。

九鬼を正社員として登用するよう、彼は本社にかけあってくれた。ところが人事部は難色を示した。いわく、アルバイトから正社員になる例は、全店舗を合わせても数年にひとりいるかいないかららしい。九鬼は耳を疑った。これまで接してきた社員たちは、九鬼さんならいつかきっとなれる、と口をそろえていた。実情を知らなかったのか、あるいは、わざと知らないふりをしていたのだろう。貴重な戦力であるベテランのスタッフにやる気を失われたくないという彼らの気持ちは、日々シフトのやりくりに苦労している九鬼にもわからなくはなかった。

恋人も九鬼のために憤《いきどお》り、力が及ばなくてすまないと謝ってもくれた。九鬼も彼を恨みはしなかった。一介《いっかい》の若手社員が解決できる問題ではない。でも、あなたの責任ではないと九鬼が言えば言うほど、まじめな彼は落ちこんでしまった。九鬼のほうも、十年近く心のよりどころにしていた目標が無残に潰《つい》え、途方に暮れていた。当然ながら関係はぎくしゃくした。

彼が他店舗に異動したのを機に、ふたりは別れた。それからも九鬼は粛々と働いた。今後どうすべきか、考え直さないといけないのは承知していたが、とりあえず後回しにし

う。
数カ月後、元恋人が結婚したとうわさで知った。相手は同じ店舗のアルバイトだとい
してきた新店長の補佐もしなければならず、目が回るほど忙しかった。
た。現実を直視するのがこわかったのもあるし、そんな時間もなかった。彼と交代で異動

「それを聞いてもう、なにもかもどうでもよくなっちゃって」
彼に未練があったわけではない。お互い気を遣いあって無理につきあい続けても、先は
なかっただろう。それなのに、無性《むしょう》に苦しかった。
「わたし、どこで間違ったんでしょう？　一生懸命やってきたつもりだったのに。高卒で
就職しないで大学に行けばよかった？　正社員にこだわらないで、契約社員で満足してお
けばよかった？　どうすればよかったんでしょう？」
涙ながらに問われて、香澄も胸が詰まった。どうすればよかったのか、正解は誰にもわ
からない。もしわかったとしても、過去にさかのぼってやり直すことはできない。
できるのは、この先の道を選ぶことだ。その第一歩としてピタキャリアに来たことを、
あれで正解だったと未来の九鬼には思ってもらいたい。
彼女が泣きやむのを待って、香澄は口を開いた。
「正社員といっても、会社も職種もいろいろあります。まずは、九鬼さんのやりたいこと
を整理しましょう」
「やりたいこと……」

九鬼が赤くなった目でまばたきした。ありません、とまた言い返されてしまう前に、香澄は助け舟を出した。

「これまでのお仕事で、どこにやりがいを感じましたか？　楽しかったりうれしかったりするのはどんなときでした？　たとえば……おすすめの商品が売れたときとか？」

雑貨が好きだという話から思い浮かんだ例を挙げてみたが、九鬼はふし目がちに否定した。

「いえ、どっちかっていうと逆です。わたしの気に入ったものって、どうも売れゆきが伸びなくて」

九鬼個人としては、そこそこ値が張っても、品質やデザイン性の優れたものに惹《ひ》かれる。しかし店頭では、手頃な価格帯の品から売れていく。

「しかたないんですけどね。好みはひとそれぞれなので」

肩を落としている彼女に、香澄はあせって言葉を継いだ。

「じゃあ、お客さんにお礼を言われたときとか？」

接客業のやりがいとしてよく聞く、最も典型的なひとつだ。が、九鬼の顔つきは相変わらず晴れない。

「知らないお客様と喋るのって、緊張しちゃうんです。バックヤードで地味に手を動かしてるほうが得意で……ああ、こんなだから正社員になれないのかな……」

香澄は思わずさえぎった。

「それですよ」

「え？」

「店頭よりも裏方の仕事のほうが、九鬼さんには合っているんじゃないですか？」

さっきの話では、九鬼は同僚たちから慕《した》われ、頼りにされていたようだった。店舗の運営が円滑に進められるよう、陰で支えていた。契約社員に昇格できたのも、その貢献が認められたからだろう。

「確かに、そうかも。やりがいっていえるのかはわからないけど、スタッフの子たちが成長していくのを見るのはうれしかったですね」

その日はじめて、九鬼の目に光が宿った。そして、ぽつりぽつりと仕事の「やりがい」を話してくれた。

ミスが多く、そのたびに辞めると騒いで大変だった学生アルバイトが、いつしか一人前に後輩の面倒を見てくれるようになっていたこと。面倒なレジ締めも、一円までぴったり合わせられると爽快《そうかい》な気分になること。定番商品の売上データを分析し、品切れや過剰在庫を減らせたこと。スタッフたちがこっそりケーキやプレゼントを準備して、閉店後にサプライズの誕生日祝いをしてくれたこと。

「すみません、最後のって仕事に関係ないですね」

恥ずかしそうに言った九鬼に、香澄は首を横に振ってみせた。

「そういう人間関係を築きあげたのは、九鬼さんの力です。それは大きな強みですよ。これからの選考過程でも、しっかりアピールしていきましょう」

「あのひとことが、うれしかったなあ」

運ばれてきたどくだみ茶をすすりながら、九鬼はしんみりとつぶやく。

「わたしには強みなんかないと思ってたので。二十七にもなって、学生バイトと変わらない仕事をしてるんだから」

九鬼に限らず、小売業界や外食業界の出身で似たような思いこみに囚われている会員を、香澄は何度か担当したことがある。アルバイトに囲まれているせいか、こんな仕事は誰にでもできる、自分には堂々と誇れる能力も経験もない、と気弱になるようだ。忙しいわりに、一般の会社員に比べて給与水準が低めなのも、彼らを卑屈にさせる一因となっているのかもしれない。

しかしながら、店長や副店長として自店を切り回してきた実績は、他の業界でも活かせる。規模は小さくても、店舗というのはれっきとしたひとつの組織だ。その中心で働くとなると、たとえば大企業の一部署にいるよりも、多彩な経験を積めることも多い。

「あれでもう、千葉さんについていこうって決めました」

九鬼がプーアール茶のポットに手を伸ばし、香澄の茶碗におかわりを注いでくれた。礼を言って、ひとくち含む。ほんのりと甘くてあたたかい。

「保育園っていうのは、意外でしたけどね。てっきり、また小売店をすすめられるかと思ってました」

九鬼の勤めるみなと保育園は、東京と神奈川で十近くの園を経営している。その各園に置かれている事務職の求人を、香澄が彼女にすすめたのは、ネリマリでの経験が役に立ちそうだったからだ。

仕事の中身は園の運営にかかわる事務全般で、会計管理、保護者対応、各種行事のスケジュール管理、保育士のシフト調整など、幅広い。業界は違うものの、数値管理も顧客対応も人事管理も、九鬼がネリマリでもやっていたことだ。

マルチタスクが得意な人材、というのが先方の希望だった。仕事の守備範囲が広いので、優先順位を決めて効率よく正確に進めなければならない。マルチタスクといえば、店舗運営もまさにその典型だ。接客はもちろん、品出しや陳列といった力仕事から、イベントの企画に数値管理、従業員の育成までこなす。一般企業に置き換えると、販売部と経営企画部と経理部と人事部の役目を、一手に引き受けているともいえる。

それに、九鬼は現職のやりがいとして、スタッフを育てることをまっさきに挙げていた。じかに世話するわけではなくても、園児たちの成長を支える仕事は、彼女にとっては魅力的ではないかとも思った。

「事務職でも、案外子どもたちと接する機会が多いんですよ」

九鬼は言う。

「わたしのことも、アズ先生って呼んでくれて。正直、小さい子ってそんなに得意じゃなかったんですけど、なつかれるともう、かわいくてかわいくて」

目尻が下がり、一段と優しげな雰囲気になっている。幼い子どもたちにまとわりつかれている彼女の姿が、目に浮かぶようだ。

「全部、千葉さんのおかげです」

「そんな。わたしはただ、求人を紹介しただけで」

「だって、保育園の仕事なんて、ひとりじゃ絶対に見つけられなかったですよ。でも実際やってみたら、すごくしっくりきて。自分で言うのもなんだけど、天職かも」

晴れ晴れした顔つきで言われると、香澄までうれしくなってくる。

「よかったです、お役に立てて」

「千葉さん、あのとき言ってくれましたよね？　将来わたしが、ピタキャリアに相談して正解だったって思えるといいって」

九鬼が微笑んだ。

「大正解でした、ほんとに。三年前のわたしに教えてあげたい。今はどん底だけど、くじけずにがんばれば、ちゃんと幸せになれるよって」

気の利いた返事が出てこなくて、香澄はただ何度もうなずいた。目頭《めがしら》のあたりが、じんわりと熱い。

めいめいのポットが空になったのをしおに、店を出た。

九鬼は駅まで送ってくれた。商店街を抜けていく途中で、例の立ち飲み屋の前にさしかかった。客はいよいよ増えている。寄っていきませんかと誘ってみたい気もしたけれど、これから別の予定があるかもしれないし、お酒が好きとも限らないし、と逡巡しているうちに通り過ぎてしまった。

それでよかった。

九鬼にもまた、口にしようか迷っていたことがあったようだった。改札の前で暇《いとま》を告げた香澄に、「あの、実は」とおずおずと切り出した。

「わたしも、子どもが……」

保育園の話の続きだろうか、と香澄は一瞬けげんに思った。うつむいた九鬼の手もとに目がとまり、そうではないと悟《さと》った。

「おめでとうございます」

とっさに言った。

「ありがとうございます」

九鬼が目を細め、へそのあたりを手のひらでまるくさすった。

「まだ三カ月なんですけど。職場にも先週話したばかりで」

出産後はできれば早めに復帰してほしい、子どもは零《ゼロ》歳児クラスで預かるから安心してね、と園長に言われたそうだ。

「もし千葉さんに会えなかったら、たぶんこの子もいなかった。それも含めて、感謝しかありません。千葉さんはわたしの恩人です」

両手をおなかにあてがったまま、九鬼は深くおじぎをした。

ぼんやりしながら電車に乗って、気づけば自宅の最寄り駅まで戻ってきていた。活気のあふれる商店街を見てきたせいか、駅前がいやに静かに感じられる。沈みかけた夕日で橙《だいだい》色に染めあげられた通りを、大股で歩く。狭い横道にそれ、急な階段を上り、踊り場の先にひかえるドアをノックした。

返事はなかった。この店が何時に開くのかも、閉まるのかも、そういえば知らない。営業時間が決まっているのかさえ定かではない。香澄はドアに顔を近づけ、耳をすましてみた。中で物音がしている。

おそるおそるノブを回すと、ドアは開いた。ごま油の香ばしいにおいと、炒《いた》めもののにぎにぎしい音が、香澄の鼻と耳を直撃した。

コンロに向かっていたヒロさんが顔を上げ、入口のほうへ首をめぐらせ、香澄をみとめて薄く口を開けた。日頃は遅めの時間にやってくる客がこんなに早く一番乗りしたので、驚いたのかもしれない。

「もう入れますか?」

香澄はたずねた。ヒロさんがこくこくと首を動かした。

「いらっしゃいませ」

「よかった」

われながら、実感のこもった声が出た。

カウンターに沿って奥へ進み、端っこの席に陣どった。傍らの窓は半分ほど開いている。外をのぞいたら、どこからかカレーのにおいが漂ってきた。家々の屋根に夕焼け空がかぶさっている。

九鬼ももう自宅に帰っただろうか。台所に立ち、夕食のしたくをしているだろうか。夫と囲む食卓で、香澄の話も出るかもしれない。

香澄はビールを注文し、たばこに火をつけた。煙を深々と吸いこんだとたん、カレーのにおいがかき消えた。

担当した会員とばったり街で出くわすなんて、はじめてだった。何年も働いた上で、香澄の紹介した仕事を天職だと喜んでもらったのも。内定が出た直後の会員たちも、真心のこもった礼を言ってくれるけれど、三年の歳月に裏づけられた九鬼の感謝はやはり重みが違った。

うれしかった。とても。

「どうぞ」

声をかけられて、香澄はたばこをもみ消した。きりりと冷たいビールをごくごく飲む。ポット一杯分のプーアール茶を飲んできたにもかかわらず、意外なほどのどがかわいている。グラスの半分近くが一気に減ってしまった。

どうしてだろう。とてもうれしかったのに、なんだか妙に疲れている。

突き出しの、フグの煮こごりをつつきながら、メニュウの黒板をあおぐ。さんまのお造り、秋茄子《あきなす》の田楽《でんがく》、きのこと栗《くり》の炊《た》きこみごはん、毎年この時季に登場する定番料理が勢ぞろいしている。

ついこの間まであんなに暑かったのに、あっというまに秋がきた。きっと冬も、あっというまにめぐってくる。そして香澄はまたひとつ年をとる。

ちっとも変わらない、と九鬼には言われた。

他意はなかったに違いない。他意どころか、この年齢の女としてはほめ言葉と解釈すべきだろう。けれど、三年前とちっとも変わっていないというのはつまり、ちっとも前に進めていないということでもある。

九鬼の幸せを祝福したい気持ちにうそはない。転職がどん底から抜け出すきっかけになったのは事実だろうし、少しでも役に立てたのは喜ばしい。結婚も出産も、今さらうらやましくはない。置いていかれてさびしいわけでも、ましてや嫉妬しているわけでもない。ただ、呆然としてしまう。九鬼は転職し、結婚し、母親になろうとしている。その間、わたしはいったいなにをしていたんだろう？

香澄は二本目のたばこに火をつけた。

窓の外に向かってゆっくりと煙を吐く。すっかり日は暮れて、空一面がすみれ色に染まっている。

十月

週半ばの昼下がり、香澄が自席で資料を読んでいたら、石川に声をかけられた。

「千葉さん、ちょっといいですか？」

上司からこう切り出されて、心ときめくような話が待っていることはまずない。表情を変えないように注意して、香澄は浅くうなずいた。

石川はそれ以上なにも言わず、フロアの隅にあるミーティングルームに向かってせかせかと歩いていく。やっかいな用件なのかもしれない。そうでなければこの場で話せばすむ。石川は奈良などと違い、部下を人前では叱責しない。彼なりの配慮なのだろうが、ふたりきりの密室で説教されるのも、それはそれで気がめいる。

宮崎に気の毒そうな目で見送られ、香澄はのろのろと石川の後を追った。話の内容は察しがついている。おそらく六車秀明の件だ。

先月末に、待ちに待った内定が出たところまではよかった。しかも内定先は、彼がかねてから希望していたとおり、日系の大企業だった。半年近くにも及ぶ奮闘がついに報われて、本人も大喜びしていた。

やっぱり辞退したいと電話を受けて、だから香澄は仰天した。収入が激減すると知った妻が猛反対しているという。減るといっても、一般的な会社員の水準はるかに上回っているのだけれども、そういう問題でもないらしい。

あの自信家の六車が、自らの意思より妻のそれを優先するというのもまた信じられず、香澄はしばし言葉を失った。お世話になったのに申し訳ない、とこれまた彼に似合わずしおらしく謝られて、責める気にもなれなかった。転職活動そのものを中断したいという申し出もそのまま受け入れた。

そうはいっても、会社にとっては損失である。どうにかできなかったのかと石川に問われたら、なんと答えよう。家族の合意は得られているのか、六車にあらかじめ確かめておくべきだったのは間違いない。前もって話してあれば、妻の心証も幾分ましだったかもしれない。

つらつらと考えをめぐらせつつ部屋に入ると、意外な先客がいた。

「おつかれさん」

奈良がにこにこして言った。

打ちあわせの議題は、六車ではなかった。

「あのな、ちょっと特殊な仕事をお願いしたいんよ」

と、奈良は切り出した。

「千葉ちゃん、スカウト案件って知っとるよな?」

「はい」

ピタキャリアでは通常、会員個人から転職先に希望する条件を聞き、それらにあてはまる企業を探して紹介する。その手順が、スカウト案件においては逆になる。企業側の求めている条件をもとに、会員の中からふさわしい人材を選び出して声をかけるのだ。

普通の案件に比べて取り扱いが難しいのは、目星をつけた会員がちょうど転職活動をしている最中とは限らないからだ。

ピタキャリアに登録している会員のうち、本格的に活動中なのは半数にも満たない。残りの内訳はさまざまだ。転職後も次なる機会に備えて退会していないこともあれば、単に手続きが面倒で放置しているだけのこともある。忙しくなったとか、やる気がなくなったとかで、活動を一時的に休んでいる場合もある。

いずれにしても、彼らは今すぐに転職しようと考えているわけではない。つまり、その気になってもらうところからはじめなければならない。

「千葉ちゃんはスカウト案件てやったことあるんやったっけ?」

「いいえ」

一度もない。ついでにいうなら、手がけてみたいと思ったこともない。

ごく限られた、重要かつ優良な顧客にだけ提供しているサービスなので、そもそも数が少ない。手数料も高く設定してあり、企業側も、なんでもかんでも依頼してくるわけではない。対象となるのは要職のみ、具体的には、経営陣や部門長クラスの上級管理職である。会社の中核を担うべき人材とも言い換えられる。

キャリアアドバイザーの立場からすると、よくいえば難易度が高くやりがいのある仕事、悪くいえば神経を遣う手のかかる仕事、ということになる。

「そうか、はじめてか。ほな、いい機会やな」

香澄の腰がひけているのはお見通しだろうに、奈良はこともなげに言う。

「今回のお客さんは、北《きた》ホールディングスや。ポストは海外事業本部長。執行役員扱いになる」

北ホールディングスは、各種のインターネットサービスを手広く展開している、日本でも指折りの規模のＩＴ企業である。かつてはネット通販を主力としていたが、近年では競合の参入によって押されぎみで、新規事業の育成に取り組む一方、企業買収や海外進出にも意欲的だ。

「あそこ、海外は手こずっとるからな。トップからがらっと代えて、なんとかリベンジしたいんやろ」

なんでも、北ホールディングスが世界各地の主要都市に開設した拠点のうち、なんと半分近くが撤退を余儀なくされてしまっているらしい。

「北会長も、めちゃくちゃ気合入っとったで。今度こそ成功したいって、語る、語る。で、海外事業本部をひっぱってくれる優秀な人材が、どうしてもほしいんやと」

「そんな大事な案件の担当が、わたしでいいんでしょうか」

どう考えても心細い。

「なに言うてんねん、泣く子も黙る敏腕アドバイザーの千葉ちゃんが」

「黙りませんよ……」

「心配ないって。石川くんも助けてくれるし、な？」

だったら石川本人にやってもらいたい。香澄の内心を読みとったかのように、奈良はにやりと笑ってつけ足した。

「石川くんはな、北ホールディングスは今あかんねん。こないだ事故ってもうてな」

穏やかでないことを、満面の笑みで言ってのける。さすがの石川も、ばつが悪そうに眉を下げた。

「その節はご迷惑をおかけして、すみませんでした」

そう言われてみれば、先月だったか先々月だったか、香澄もそんなうわさを耳にした。石川の担当していた会員が、転職先に入社してひと月も経たずに辞めてしまったらしい。どうせまた石川道場で背伸びさせすぎたんでしょ、と山口が皮肉っぽく言っていた。あれは北ホールディングスの話だったのか。

「まあ、しゃあないよ。合う合わへんは入ってみなわからんし、採用決めた向こうの責任もあるわけやし。先方もそない怒ってるわけやなさそうなんやけど、一応な」

ピタキャリアから紹介した新入社員が、入社日から三カ月以内に自己都合で退職した場合には、相手企業から受けとった手数料を返さなければならない。金銭面の痛手もさることながら、それで先方の信頼を全面的に失ってしまうおそれもある。並行して進んでいる他の契約まで打ち切られたり、今後の取引を避けられたり、連鎖的に被害が広がりかねない。

「なんや顔こわいで、ふたりとも。大丈夫やって。おれと北会長は二十年来のつきあいやで？　現に、こうして新しい仕事ももろてるし」

奈良の言うとおり、こんな要職にまつわる依頼を持ちこんでくるくらいだから、北ホールディングスはピタキャリアを見限ったわけではないのだろう。ただ、だからといって、何度も失敗を繰り返すのは許されない。

「ま、これで挽回すれば一件落着、めでたしめでたしやな」

奈良は相変わらず調子がいい。

「すいませんが、よろしくお願いします。わたしもなるべくフォローしますので」

石川にまで頭を下げられてしまっては、もはや断る余地はない。がんばります、と香澄はしかたなく応えた。

「実はな、もうターゲットはしぼってあるんやわ」

北ホールディングス側にも奈良から話を通し、何人かの候補を出したうち、まずはひとりに会ってみたいと返事をもらっているという。石川が香澄にファイルを差し出した。

「どうぞ。彼の資料です」

十和田渉《とわだわたる》というのが、「ターゲット」の名前だった。

五十歳、東京都出身、外資系飲料メーカーのアテネビバレッジに在職中。現在は事業推進本部でディレクター職に就いている。英語だと少々わかりづらいが、日本企業でいえば統括部長にあたる。

彼がピタキャリアを利用したのは八年前で、ソフィアに残っているデータも当時のものだった。アテネビバレッジに転職する前は、十年ほど経営コンサルティングファームに勤めている。前回の転職活動では、石川が彼を担当したそうだ。

「とても優秀な方で、すぐに内定が出ました」

資料によれば、マチュアで安定感がある、というのがアテネビバレッジからの選評だった。マチュアとは主に外資系企業でしばしば使われる表現で、直訳すると、成熟している、という意味になる。人物を評価する場合には、ひととして練れている、老成している、といったような意味あいで使われる。

十和田がアテネビバレッジに採用されたときの肩書きはマネージャー、すなわち課長職だった。

「その後、現在にいたるまでの八年間については、別途ソフィアに調べてもらって補足してあります」

入社の翌年にシニアマネージャー、さらに三年後にはアソシエイトディレクター、と順調に出世し、おととしの春にディレクターに着任したようだ。

情報源は、ＳＮＳである。

といっても、友人知人の間で日々の近況を共有するそれとは異なる。私生活ではなく仕事面での交流を目的とする、ビジネス特化型のＳＮＳだ。

ユーザーは一般的なＳＮＳと同様に、プロフィールを登録する。ただ、その内容は仕事にかかわることに限定されていて、現在の勤務先と役職、過去の職歴、最終学歴や資格といった、履歴書じみた項目が並ぶ。発祥の地であるアメリカから全世界に普及し、登録者は数億人に上るという。日本では個人情報を不特定多数に公開するのに抵抗があるせいか、今のところそんなに定着していないが、外資系や一部のベンチャー企業を中心に利用者がじわじわと増えている。

国によっては、企業の採用活動にも欠かせない存在になっているそうだ。各人の経歴を閲覧し、個別に声をかける。しくみはピタキャリアのスカウトサービスと似ている。ユーザーの側も企業の目を意識して、情報更新を怠《おこた》らない。反対に、企業が求人の告知を出し、それを見た個人のほうから応募することもできる。

いずれにせよ、個人と企業がネットワーク上で簡単につながれるなら、双方を仲介する転職エージェントの出番はない。

つまり、このＳＮＳはピタキャリアにとって商売敵ともいえる。香澄たちの本音としては、できれば日本ではこのままあまり広まらないでほしい。一方で、個人の職歴をたどる上では便利なので、こうしてソフィアを通して利用させてもらっているのだった。

奈良をまじえた打ちあわせの後、香澄は十和田に連絡を入れた。幸い、詳細を聞いてみたいと返事をもらえて、彼の職場のそばの喫茶店で落ちあうことになった。

約束の時間ぴったりに、十和田は店にやってきた。

年齢のわりに若々しい。ＳＮＳに登録されていたプロフィール写真も若く見えたので、古いものかもしれないと勘繰っていたが、実物もたいして変わらない。おかげで、彼が入ってくるなり見分けがついた。

先に着いてテーブル席に座っていた香澄は、立ちあがって目礼した。十和田が笑顔になり、きびきびした足どりで近づいてくる。四十代の半ば、いや前半といっても通りそうだ。かといって若作りしている感じでもなく、水色のシャツに紺のジャケットをはおり、下はチノパンというカジュアルな服装がしっくりと似合っている。外資だから服装は自由なのだろう。

「はじめまして、ピタキャリアの千葉です。よろしくお願いします」

香澄の差し出した名刺を、彼は両手で受けとった。

「十和田です。はじめまして」

いい声だな、と香澄は思った。低く、深く、心地よく響く。

事前にメールで伝えてあったのは、大手ＩＴ企業の海外展開にかかわる仕事だということだけだった。向かいあって座り直し、まずは社名を告げる。

「北ホールディングスの海外事業本部長、ですか?」

十和田は少し意外そうに眉を上げた。

「あの会社、海外はもうあきらめたのかと思っていましたが」

北ホールディングスについて、ある程度の知識は持ちあわせているようだ。

「これまではあまりうまくいっているとはいえませんでしたが、今後抜本的にてこ入れしたいと考えられているそうです」

「なるほど。一から仕切り直しってわけですね」

彼がわずかに身を乗り出した。

「それで、人間も入れ替えてしまおうと?」

さすがに飲みこみが早い。

「そうなんです。そこで、ぜひ十和田さんのような方にお力を貸していただきたいと」

「それは光栄ですけど、でも、どうしてわたしが?」

香澄は小さく息を吸った。十和田のことだから、その答えは自分でも見当がついているはずだ。香澄が信頼に足る代理人なのか試すつもりで、あえて質問してきたのだろう。

「十和田さんはアテネビバレッジで、シンガポール支社の立ちあげに参画なさっていますよね。ベルンコンサルティングでも、日系企業の海外子会社運営のプロジェクトを複数担当されていたようですし、ご経験が活かせるのではないでしょうか」

「そういえば、そんなこともありましたね。なつかしいな」

十和田はほがらかに言う。及第点をもらえたのか判断がつかず、香澄は思いきってもうひと押ししてみた。

「今回は、既存の海外拠点を管理するのではなくて、ゼロから作るお仕事です。海外事業の成否は会社の将来を左右すると先方も認識されていますし、資金面でも人材面でも投資は惜しまないとのことでした。北ホールディングスのような大企業で、先頭に立って海外ビジネスを切りひらいていくというのは、やりがいのあるお仕事ではないかと」

十和田がゆるく腕を組んだ。

「やりがい、ね」

香澄はひやりとした。言葉遣いを間違えただろうか。

やりがいという言葉は、実に使い勝手がいい。端的でわかりやすく、響きもいい。けれど、こうして思案顔で繰り返されると、なんだか安易で陳腐《ちんぷ》な気もしてくる。

「やりがいって、なんでしょうね？」

予想外の質問に、たじろいだ。おまけに、かなりの難問である。

「それは、個人の価値観によって違いますが……」

冷や汗が出てくる。ああ、だめだ、また安易で陳腐なことを言っている。

「千葉さんは、わたしにとってのやりがいってなんだと思いますか？　プロの目から見て、わたしのような人間は、どういう仕事をすべきなんでしょうか？」

十和田は真顔になっていた。

「あくまでわたしの印象ですが」

と前置きし、香澄は慎重に言葉を継いだ。

「弊社の前回の担当者に話を聞いたり、資料を拝見した限りでは、新しいことに挑戦し続けたい、十分な裁量権のもとでスケールの大きな仕事にかかわりたい、という想いをお持ちかとお見受けしました。今回の北ホールディングスのポジションなら、どちらもかなえられるのではないかと思います」

十和田は黙って考えこんでいる。押しつけがましく聞こえたかとまた気になって、香澄は小声で言い添えた。

「八年前のことですし、今は違う考えをお持ちかもしれませんけど」

十和田が腕をほどき、口を開いた。

「いや。八年やそこらじゃ、人間はたいして変わりませんよ」

目もとに笑みが戻っていた。香澄はほっと息をつく。

「今のお話からすると、千葉さんはうちの会社の現状もご存じなんでしょうね？」

「はい、多少は」

事前準備として、ソフィアと奈良たちに教わってきた。

アメリカに本社を置くアテネビバレッジは、世界中に拠点を広げ、ミネラルウォーターからウィスキーまで、ありとあらゆる飲料を製造販売している。飲みものの嗜好は地域差が大きいこともあって、他の多国籍企業と比べても、支社の意思決定が尊重されていると もっぱらの評判だった。

ところが、半年ほど前に就任した新社長が、米国本社に権限を集約していく方針を打ち出した。従来は比較的自由にやってきた支社の側では、急に締めつけがきつくなり、混乱と反発が生じている。十和田に白羽《しらは》の矢が立ったのは、そのあたりの事情もふまえてのことらしい。

「さすが、全部お見通しなんですね」

十和田は愉快そうに言う。

香澄もひかえめに微笑んだ。会社の内情について、彼のほうから切り出してくれて助かった。こちらから指摘するつもりはなかったのだ。足もとを見られているという印象を与えてしまってはまずい。

「降参するしかないみたいだな」

十和田が両手をひょいと上げてみせた。

「じゃあ、先方にはいつお会いしましょうか?」

奈良を通して先方にも連絡を入れ、面接の日程を調整して、ひとまず香澄の仕事は一段落ついた。

あとは十和田の健闘を祈るしかないが、気持ちはいつになく軽かった。どういうわけか、無事に話がまとまりそうな予感がする。決して楽天的な性格とはいえない香澄にとっては、珍しいことだった。

十和田と会った数日後には、もうひとつうれしい知らせが入った。大田自動車の最終面接を終えた八田真人が、みごとに内定を勝ちとったのだ。

すかさず栄子からも電話がかかってきた。従弟を実の弟のようにかわいがっている誠治も、ひどく喜んでいるらしい。ぜひともお礼がしたいというので、月末の金曜日に、誠治と八田と香澄の三人で食事をすることになった。いつもとは反対に、栄子が家で息子と留守番するという。

当日、香澄は早めに仕事を片づけた。誠治がごちそうしてくれるようだし、なにか手《て》土産《みやげ》でも買っていこうかと考えていた矢先、内線電話が鳴った。

「お客様です」

受付からだった。

「わたしに?」

香澄は問い返した。面談の予定は入っていないはずだ。

「はい。田中《たなか》様とおっしゃる方です。お約束はしていないそうですが、どうしても千葉さんに至急お会いしたいとのことで」

「田中さん?」

心あたりがない。田中という名の会員は何人か知っているけれど、直近で進行中の案件はない。

「田中、エリカ様です」

やはり記憶にない。

「会員さんですか？」

「ええと、少々お待ち下さい」

電話の向こうで、本人に確認している気配があった。

「一ノ瀬様のお知りあいだそうです」

一ノ瀬という名の会員なら、ひとりだけ思い浮かんだ。

「ちょっと待っててもらって下さい。今降ります」

転職に成功した会員が友人知人にもピタキャリアの利用をすすめてくれることは、よくある。一ノ瀬自身も、職場の先輩に紹介されて入会したと言っていた。キャリアアドバイザーの名前まで知っていて、彼もしくは彼女に担当してほしいと名指しで面談を依頼される場合もある。

ただし、いきなりオフィスにやってくるというのはなかなかない。普通は、ホームページから入会登録をすませるなり、電話で問いあわせるなりするものだ。

六階まで、香澄は急いで階段を下りた。受付のソファで待っている来客のうち、女性はひとりだけだった。

田中エリカはぴんと背筋を伸ばして座っていた。黒のパンツスーツ姿で、大きめの革かばんを傍らに置いている。一ノ瀬と同年輩だろうか。ととのった顔だちだが表情は硬く、唇をぎゅっと引き結んで身じろぎもしない。

「田中さん、ですか？」

香澄は彼女に近づいて声をかけた。

「お待たせしました。キャリアアドバイザーの千葉香澄です」

田中がはじかれたように立ちあがった。相変わらずにこりともせず、

「一ノ瀬くんの担当の？」

と、ぶっきらぼうに言う。

「ええ、そうです」

「あたし、一ノ瀬くんの同期です」

前の会社の、と低い声でつけ足して、田中は香澄をきっと見据えた。見据えるというより、にらみつける、と表現したほうがいいかもしれない。

「責任、とって下さい」

挑むように、言い放つ。

「責任？」

香澄はわけもわからず聞き返した。不採用通知を受けとった会員に、責任をとれとやつあたりぎみに詰られることはなくもないが、一ノ瀬はちゃんと転職できたのだ。スミダックに入社したのは七月だから、かれこれ四カ月が経とうとしている。本人からも、営業担

当の山口からも、なにか問題があったというような話は聞いていない。

「だって、あなたのせいじゃないですか。一ノ瀬くんがあんなことになったの」

「あんなことって……」

言いかけて、香澄は周囲を見回した。ななめ後ろのソファに腰かけたスーツ姿の中年男性が、不自然な姿勢でうつむいている。かみあわない会話が耳に入っていたのだろう。ここでこれ以上話を続けるのは得策ではなさそうだ。

「どうぞ、こちらへ」

香澄は田中をうながし、会議室のほうへ足を向けた。ふたりの様子を見守っていたらしい受付から、四番へどうぞ、と声がかかった。


会議室の椅子に腰を下ろすなり、田中は切り口上で繰り返した。

「責任、とって下さい」

「すみません、おっしゃる意味がちょっとよくわからないんですが」

香澄は用心深く口を挟んだ。彼女の目つきが、ますます険《けわ》しくなる。

「は？」

この切り返しは、感じが悪く聞こえるおそれがあるのでいただけない。くれぐれも面接ではやらないように、香澄はつねづね会員たちに口うるさく注意しているのだけれど、もちろん今はそれどころではない。

「一ノ瀬さんが、どうかなさいましたか？」

できるだけ丁寧に問いかける。

「は？　知らないんですか？」

田中は目をみはり、それから香澄の心中を探るようにすがめた。すぐに結論は出たようで、早口で続ける。

「病《や》んじゃったんですよ、一ノ瀬くん。今は休職中です」

今度は香澄が目をまるくした。

「入社したてでまだよくわかってないのに、いきなり大変なチームに放りこまれちゃって。一ノ瀬くんじゃなくてもついていけないですよ、普通」

割り振られた仕事は難しい上に、納期も短かった。それでも一ノ瀬は懸命にがんばっていたが、過労と睡眠不足がたたって、とうとう倒れてしまったらしい。今月のはじめから休み出し、もうすぐひと月になるという。

「そんなの会社や上司の責任なのに、一ノ瀬くんは自分を責めちゃってるんですよ。調子に乗ってたおれが悪い、実力もないのにできる気になってたんだ、って」

田中はまくしたてる。どうやら彼女にとって、一ノ瀬はただの同期ではないようだ。こんなに憤激して乗りこんでくるということは、恋人か、そうでなくても親密な間柄に違いない。

「でも一ノ瀬くんて、ほんとはそんなひとじゃないんです。謙虚でひかえめで、逆にもどかしくなるくらい。もっと自信持てばいいのにってうちの会社でも言われてて。どう考えても、スミダックみたいなとこでがつがつのしあがってけるタイプじゃないんです。だから、モナコムにしときなよって、あたしはあんなに言ったのに。一ノ瀬くん、千葉さんの意見も聞いてから決めたいって」

そういえば、スミダックを第一志望としていたはずの一ノ瀬は、内定を受ける間際になってモナコムと迷い出した。あれは彼女の影響だったのかもしれない。

「その前から、千葉さんの名前は聞いてました。親身になってくれて助かってる、もし転職に興味が出たらいつでも紹介するよ、って」

一ノ瀬の想定とはまるきり違うかたちで、田中は香澄に会いにきたことになる。

「ほんと、お人好《ひとよ》しすぎる。親身っていったって、しょせん仕事なのに。転職させて、ひとりいくらで手数料をもらうんでしょ？　ここじゃないけど、エージェントの友達がいるんで知ってます」

田中はいまいましげに香澄の顔をねめつけた。

「で、会社に入ったらもう知らない、後はどうにでもなれってことですか。あんまりじゃないですか？」

「いえ、そんなことは……」

香澄が弁解しかけたのをさえぎって、ぴしゃりと言う。

「だって、知りもしなかったんですよね？　一ノ瀬くんが体こわしたのも、休職してるのも、全然知らなかったんでしょ？」

香澄は返事に窮した。

「さんざんあおってその気にさせといて、信じらんない。ていうか、あきれます。無責任にもほどがある」

田中が乱暴に席を立った。足音荒く部屋を出ていく。

「待って下さい」

香澄も追いかけようとしたが、やはり言葉が続かなかった。謝ってすむ話ではないし、謝るべき相手は彼女ではない。

肩をいからせて廊下を遠ざかっていく田中の背中を、香澄はなすすべもなく見送った。


山口に事情を聞きたかったけれど、あいにく外出中でつかまらなかった。彼もまだなにも知らないのかもしれない。もしスミダックから一ノ瀬に関する連絡——あるいは苦情——を受けたとしたら、香澄にも知らせてくるはずだ。一ノ瀬は入社して三カ月間は出社できていたようだし、現在も休職中ということは辞めたわけではないから、手数料の返金対象にもならない。

そこまで考えて、そんな自分に嫌気がさした。会社にとってはお金の問題かもしれないが、一ノ瀬にとってはそうじゃない。

ともかく、週明けに話がしたいと山口にメールだけ送り、香澄も会社を出た。八田たちとの待ちあわせに遅れてしまう。のんびり食事をしたい気分でもないけれど、土壇場《どたんば》で断るのも悪い。

誠治が予約してくれていたのは、こざっぱりとした和食店だった。

案内された座敷席は、ついたてでへだてられて半個室ふうになっていた。誠治と八田はすでに来ていた。ふたり並んで座り、メニュウを両側からのぞきこんでなにやら相談している。

「すみません、お待たせしちゃって」

彼らの向かいに、香澄は腰を下ろした。

「いや、おれらも今来たとこだから」

誠治が顔の前でひらひらと手を振った。しばらく会わないうちに、また貫禄が増したようだ。以前はどちらかといえばやせ型だったが、結婚してからみるみる体重を増やし、福々しい体格になった。秋も深まってきたというのに、息子とサッカーをやっているからか、よく日焼けしている。

「千葉さん、おひさしぶりです。このたびはどうもありがとうございました」

八田が頭を下げた。

「なんだよ真人、堅苦しいな」

「礼儀正しいって言ってよ」

じゃれるように言いあっている様子がほほえましい。栄子から聞いたとおり、従兄弟《いとこ》どうしは仲がいいようだ。

ふと、なつかしい気持ちになった。香澄にも何人か従姉妹《いとこ》がいる。みんな近所に住んでいて、子どもの頃はよく遊んだ。上京後も、帰省するたびに誘いあわせて会った。結婚式にも招待した。

疎遠になったのは、香澄が離婚してからだ。遠いのを言い訳にして、親戚の集まりにもめったに参加しないので、近況も知らない。実家の両親から聞かされることもない。気を遣ってくれているのだろう。誰彼が結婚したとか、子どもが生まれたとか、その手の話題は注意深く避けられている。

「おれらはビールにするけど、香澄ちゃんは？」

「じゃあ、わたしも」

香澄は答えた。誠治がしたり顔で八田に耳打ちする。

「香澄ちゃんはこう見えて酒豪だからな。覚悟しとけよ」

「え、そうなんですか？　見かけによらないな」

「そんな。たしなむ程度ですよ」

香澄もせいいっぱい明るく調子を合わせた。栄子がこの場にいなくてよかった、とひそかに思う。心配事を抱えていると見抜かれてしまったかもしれない。

八田のことは堅苦しいと茶化したくせに、乾杯のグラスをかかげた誠治は、かしこまって礼を言った。

「香澄ちゃん、今回はどうもありがとう」

「本当にうれしいです」

横から八田も言い添える。晴れやかな笑顔に、内定をとれて感激していた一ノ瀬の顔が重なった。

「おめでとうございます」

反射的に目をふせてしまい、香澄はおじぎでごまかした。集中しよう、と自戒する。一ノ瀬のことは気になるが、今ここでなにができるわけでもない。おめでたい席なのにぐずぐずと気を散らしていては、八田にも誠治にも失礼だ。

「ほんと、よかったよなあ。真人はガキの頃からオオタひと筋だもんな」

「せっせとミニカー集めてたよね。誠ちゃんからも、おさがりもらって」

ふたりは引き続き、楽しそうに言いかわしている。

「小学校の卒業文集にも、将来の夢は車をつくるひと、って書いてたしな」

「確かに。誠ちゃん、よく覚えてるね」

「おれも昔はそうとう好きだったんだぜ、車。だけど今はしがない公務員だもんな。ちょっと真人がうらやましいよ」

誠治がビールをすすり、半分ひとりごとのようにつけ加えた。

「どのくらいいるんだろうな。将来なりたかったものに、実際なれてる人間って」

おそらく、ほとんどいないだろう。

香澄だって、転職エージェントで働きたい、と文集に書いたわけではない。でも、だからといって、不幸なわけでもない。多くの人々は、縁あって就いた職業をそれなりに気に入り、もしくは折りあいをつけて、日々こつこつと働いている。幼い頃の夢を思い返すわけでも、ことさらに嘆くわけでもなく。

仕事というのは、たぶんそういうものなのだ。

食事は和やかに進んだ。誠治と八田がかわるがわる話し、香澄は主として聞き役に回った。仕事の話に加えて、親戚ならではの昔話にも花が咲いていた。酒は強くない血筋なのか、ビールの後に日本酒をほんの少し飲んだだけで、従兄弟ふたりはそろって耳まで真っ赤になっている。

コース料理をほぼ食べつくしたところで、八田が手洗いに立った。滞りなく食事を終えられそうで、香澄は内心ほっとしていた。ふたりに合わせて酒量をおさえているから、酔いもほとんど感じない。

ふたりきりになるのをみはからったかのように誠治が質問してくるなんて、まったくもって不意打ちだった。

「話変わるけどさ、栄子となんかあった？」

変わりすぎだ。お茶漬けを口に運んでいた香澄は、小さく咳きこんだ。

「夏、ふたりで森に行ってたよな？　あれから栄子、しばらく元気なくて。香澄ちゃんに会った後って、ああだったたこうだったたってすごい勢いで報告してくるのに、なんにも話そうとしないし。ひょっとして、けんかでもした？」

気遣わしげに顔をのぞきこまれ、しどろもどろに答える。

「いや、あの、そういうんじゃないです」

「ほんとに？　栄子がなんかよけいなこと言ったんじゃない？」

香澄がぐっと詰まると、誠治は困ったように笑った。

「ごめんな。栄子、香澄ちゃんのことになると、むきになるから。うっとうしいかもしれないけど、大目に見てやって」

「こっちこそ、栄子にはいつもお世話になりっぱなしで」

「いやいや、ちょっとめんどくさいときもあるでしょ。本人も、おせっかいしすぎたかもって落ちこんでたりするし」

誠治が赤らんだ頰をさすった。

「いや、もとはといえば、おれも悪いんだけど。栄子には黙っときゃよかったんだよな、裕一くんの話は」

ずいぶん長い間、聞くことも口にすることもなかったその名前で、香澄のささやかな酔いは完全に吹き飛んだ。

「おれも驚いたもんだから、つい喋っちゃって。そしたら栄子がもう、自分のことみたいに悔しがって。でもよかったよ、香澄ちゃんが元気そうで……」

誠治が言葉をとぎらせた。不審げに眉を寄せている。目の前の香澄がどう見ても元気そうではないと、遅ればせながら気づいたらしい。

香澄はかろうじて声をしぼり出した。

「すみません、なんの話か、ちょっとよくわからないんですけど」

胸の鼓動《こどう》がうるさい。

今日はどういうわけか、自分の無知をこっぴどく思い知らされる日のようだ。香澄のあずかり知らないところで、よくない事態が起きている。

「あのひと、どうかしたんですか？」

誠治が目を見開いた。

十一月

週明けの月曜日、出社してすぐに、香澄は山口の席に駆けつけた。

「おはようございます」

パソコンに向かっている背中に、声をかける。営業部はキャリアサポート部と比べて朝が早い。周りのデスクもほとんど埋まっている。

「ああ、千葉さん。おはよう」

山口がキャスター付きの椅子ごとくるりと半回転して、香澄を見上げた。やや眠たげだが、表情は暗くない。

「メール、ありがとうございました。お休み中にすみません」

山口は週末のうちに、スミダック側の採用担当者と連絡をとってくれたらしい。詳しくは週明けにでも、と書いてあったので、急いで詳細を聞きにきたのだ。

「いや、あそこって、ふだんから平日も土日もあんまり関係なくて。向こうもがんがん連絡してくるし」

山口が苦笑いした。隣席の空いている椅子をすすめられ、香澄も腰を下ろす。

「結論から言うとね、問題はなさそう」

「えっ」

金曜日にどなりこんできた田中エリカの剣幕からすると、とてもそうは思えない。

「実は、けっこういるらしくて。その、一ノ瀬さんだっけ？　彼みたいに、体調くずして休職する新入社員って」

山口は声をひそめた。

「なんていうか、親切に手とり足とり教えてもらえる、って環境ではないみたいでね。言葉はちょっとあれだけど、放任主義というか。慣れてない新人は、多かれ少なかれ、最初につまずくらしい。別にみんな意地悪してるわけじゃなくて、とにかく忙しいからって人事部は言い訳してたけど」

中でもエンジニアは、担当者いわく「マイペース」な傾向がとりわけ強い。管理職になっても、組織運営や部下の育成よりも、自ら手を動かすプログラミング作業のほうを好むという。

「他社でも似たような話は聞くけどね。理系肌っていうか、職人気質っていうか、自分のやってる仕事に没頭して周りのことにまで気が回らない、みたいな。特にあそこは、社長がそもそも天才エンジニアでしょ。ひとによってはなじめないっていうか、つらく感じちゃうのかもなあ」

香澄が田中に聞かされた話とは、だいぶ印象が違う。彼女の口ぶりでは、一ノ瀬は放ったらかしにされて傷ついたというより、適切な指導を受けられないままがむしゃらに働きすぎたせいで体をこわしたようだったが。

「人事部でも、そのあたりは課題として認識してるんだって。ピタキャリアさんのせいじゃありませんよ、って言ってくれてたよ」

問題ないと山口が先ほど請けあったわけを、そこで香澄も納得した。先方は腹を立てていない。ピタキャリアに責任を問うつもりもない。今後とも両社は良好な関係を保てると考えていいだろう。

けれど香澄が最も気になっている問題は、そこではない。

「それで、一ノ瀬さんは会社に復帰できるんでしょうか？」

「さあね。特に聞かなかったけど、本人しだいじゃないの？」

「そんな」

無責任な、と言うかわりに、唇をかんだ。それは三日前、まさに香澄自身が田中からぶつけられた非難そのものである。

自分のことを棚に上げ、山口を責めるのは筋違いだろう。山口は山口の責任を、きちんと果たしている。営業担当として、すみやかに顧客と連絡をとり、先方のピタキャリアに対する心証がそこなわれていないことを確かめた。

「気になる？　ま、なるか」

山口の口ぶりはしごく軽い。

「当然でしょう」

反対に、香澄の語気はつい強くなってしまった。向かいの席に座った長野が、こちらをちらちらとうかがっている。つとめて声をおさえ、香澄は続けた。

「一ノ瀬さんは、スミダックとモナコムの二社から内定をもらって、最後まで迷ってました。もしモナコムに入社していれば、今頃は元気に働いていたかもしれません」

もしもモナコムを選んでいれば――もしも、モナコムを選ぶべきだと香澄が助言していれば、こんなことにはならなかったのかもしれないのだ。

どう思うかと一ノ瀬にたずねられたとき、香澄は返事をためらった。絶対にスミダックのほうがいいと確信があったわけではなく、逆に、モナコムを積極的に推すだけの決め手もなかった。だから、どちらがいいとも断言はせず、最終的な判断は本人に委ねた。委ねてしまった。

「ああ、そういえばそうだったっけ」

山口が首をかしげる。

「千葉さんの気持ちもわかるよ。でもね、入社した後のことまで、われわれも面倒見きれないでしょ。だって、彼は自分の意思でスミダックに決めたんだよね？　千葉さんが無理やりすすめたんなら、話は別だけど」

「まさか、わたしはそんなこと」

一ノ瀬はスミダックでやっていけるだろうか、とかすかな不安が胸をよぎったくらいだ。もしや、あれは虫の知らせというやつだったのか。それなのになぜ、彼の背中を押してしまったのだろう。

「でしょう？　だったら自己責任じゃないの。子どもじゃないんだからさ」

憮然《ぶぜん》として黙りこんだ香澄をなだめるように、山口はつけ足した。

「もちろん、彼のせいってわけでもない。ただ合わなかった。それは入社してみないとわかんないことだし、誰のせいでもないって」

彼なりに、香澄を気遣ってくれてはいるようだ。

「まあ、そんなに思い詰めないで。先方からなにか連絡が入ったら、千葉さんにもすぐに知らせるから」

けれど翌週になっても、事態に進展はなかった。スミダックからも、一ノ瀬からも、また田中エリカからも、なんの音沙汰もなかった。

香澄から一ノ瀬に直接連絡してみようかとも考えた。彼はピタキャリアの退会手続きをしていないので、連絡先はソフィアのシステム上に登録されたままになっている。が、なんと切り出したらいいものだろう。本人から休職中だと打ち明けられたわけではないのだ。田中エリカが香澄に会いにきたことを、彼が知っているとも限らない。もし知らなかったとしたら、勝手に個人的な話をされているなんて、いい気分はしないだろう。告げ口のようになってしまうのも気が進まない。

第一、香澄から心配されて、一ノ瀬は喜ぶだろうか。

田中の話では、スミダックでうまくやっていけなかったのは自分のせいだと彼は思っているらしい。香澄を恨んでいるとも考えにくい。だとすると、休職の事実が伝わっていることも、それで香澄が責任を感じていることも、一ノ瀬にとっては重荷にしかならないかもしれない。

一ノ瀬に謝れば、香澄の気持ちはいくらか軽くなるだろう。でも、彼自身の心が軽くならないなら、一方的な謝罪は単なるひとりよがりにすぎない。ましてや一ノ瀬は体調をくずしている。ただでさえ大変な時期に、よけいな負担はかけられない。

ぐるぐると考えをめぐらせるばかりで、結局なにもできずに、日だけが過ぎた。もちろん香澄も、ずっと一ノ瀬のことばかり考えてはいられない。他にもやるべき仕事がある。

中でも最大のひとつといっていい、北ホールディングスの案件は、着々と進んでいる。先月と同じ喫茶店で、ほぼひと月ぶりに、香澄は十和田渉と会った。これも先月と同じく、彼は約束の時刻ちょうどに現れた。

「このたびは、内定おめでとうございます。千葉さんにもお世話になりました」

「ありがとうございます」

お決まりのやりとりをかわす。顔を合わせるのは二回目だからか、首尾よく話がまとまりかけているからか、十和田の表情も声音も前回よりやわらかい。香澄のほうも、肩から多少力が抜けていた。

一カ月の間に、十和田には北ホールディングスの会長と社長と副社長、それから人事部長にも会ってもらった。先方との窓口をつとめる奈良によると、四人とも十和田を気に入って、ぜひ自社に迎え入れたいと乗り気らしい。

あとは十和田の意向しだいだ。そこで、彼の意思をあらためて確認し、必要であれば説得したり交渉したりするために、こうして時間を割いてもらうことにしたのだった。疑問も懸念もできる限り解消してくるようにと奈良には厳命されている。面接でのやりとりもふまえた、想定問答の資料まで渡された。先方の人事部長が手ずから用意してくれたそうだ。そうとう気合が入っている。

ただし今のところ、十和田のにこやかな顔つきからは疑問も懸念も読みとれない。もっとも、香澄にもたやすく心中が読みとれてしまうような人物であれば、北ホールディングスの重鎮たちとの面接を突破するのは不可能だっただろう。

「現時点でのお気持ちは、いかがでしょうか?」

あえて単刀直入にたずねたのは、十和田は回りくどいことをきらいそうだとなんとなく思ったからだ。

「結論から言うと、お受けしたいと思っています」

十和田もまた、単刀直入に答えた。

「ただ、実は、ひとつだけ気になっている点がありまして」

「それは、どのような?」

香澄は身構えた。基本的な待遇に関しては、面接の場で合意したという話だったが、後から気が変わることもある。それとも、条件として明文化されないような、職場環境や将来的なキャリアにまつわる気がかりだろうか。

「スタッフのことです」

十和田は答えた。

「現状、海外事業部はかなり縮小されてしまっているそうで、今後は人数を増やしていく必要があります。優秀なメンバーを回すと人事部長はおっしゃったんですが、そもそも適性を持った人材が社内にどのくらいいるものなのか、正直ちょっと不安で」

こんなことを言うのもなんなんですけど、と遠慮がちに言い添える。

「いえ。ご心配はわかります」

十和田にしてみれば、優秀な人間を手配すると約束されて、本当に優秀なのかと素朴な疑問は口にしづらかったのだろう。しかし当の人事部長もそこは察していたようで、彼の資料ではこの件にもふれてあった。

「先方もその点は気になさっています。皆さんで議論して、社内でまかなえなければ新規採用も視野に入れようと決まったそうです。選考は十和田さんにもご協力いただきたいとのことでした」

「そうですか。それはありがたい」

十和田が顔をほころばせた。

ピタキャリアにとっても、ありがたい方向へ話が進んだことになる。もちろんうちらがからませてもらうで、と奈良はほくほく顔で手をすりあわせていた。千葉ちゃんも、引き続きよろしくな。

「じゃあ、千葉さんにも引き続きお世話になるわけですね」

と、十和田も言った。

「はい。ぜひ、お手伝いさせて下さい」

本題がすんだ後は、コーヒーを飲みながら雑談をかわした。昨今の転職市場について、数日前に報じられたばかりの北ホールディングスの企業買収について、とりとめのない世間話がとぎれたところで、十和田は香澄にたずねた。

「最近、お忙しいですか？」

「ええ、まあ、いつもどおりですが」

質問の意図がくみとれず、香澄は無難な返事をした。

「そうですか……」

十和田は珍しく口ごもり、香澄の顔をちらりと見た。

「この間お会いしたときに比べて、少しお疲れなのかなという気がして」

無難な返事が、今度は思い浮かばなかった。かわりに、ここひと月に起きた出来事が、脳裏《のうり》に去来した。

ざわざわと胸が波立っているのを十和田には悟られないように、笑顔をこしらえる。

「いやだな、そんなに疲れた顔をしちゃってますか？　失礼しました」

「いや、そうじゃないんです。言いかたが悪かったな」

十和田が首を振って言い直した。

「なにか気がかりでもあるのかな、と思ったんです。なんとなく、ですけど。もしかして、やっかいな仕事でも抱えておられるとか？」

いたわるような、優しい口調だった。気遣われている、とわかった。見透かされている、とも。

「この件で苦労させてないといいんですけど」

と冗談ぽくつけ加えたのもまた、彼なりの心遣いなのだろう。

「とんでもない。こんなにスムーズに進むことって、めったにないです」

香澄はあわてて謝った。

「すみません、ご心配をおかけして」

「いえ、こちらこそすみません、立ち入ったことを。わたしの悪い癖《くせ》で」

十和田が、これもまた彼にしては珍しく、面映《おもは》ゆそうに目をふせた。

「気になると、つい口に出してしまうんですよ。部下たちにもいやがられるんです、デリカシーがないって」

顔を上げ、香澄と目を合わせる。

「でも、あまり無理はなさらないで下さいね」


無理はしていない。無理をしようにも、香澄にできることはなにもない――一ノ瀬のことも、そして、裕一のことも。

先月末、和食店の座敷で誠治は低くうめいた。

「香澄ちゃん、知らなかったのか……」

誠治と裕一には面識がある。かつては夫婦二組でときどき飲みにいっていたからだ。香澄と栄子ほどではないだろうが、男どうしも気が合ったようで、サッカーやらゲームやらの話で盛りあがっていた。裕一が仕事先でもらってきたペアチケットで、男ふたりでサッカーの試合を観にいったこともあった。

香澄たちが離婚してから、誠治が裕一と直接会うことはなかったらしい。ただ、SNS

ではほそぼそとつながっていた。

「ごめんな。連絡とりあうとかじゃなくて、ただつながってるだけなんだけど」

申し訳なさそうに謝る誠治を、香澄も責める気はなかった。香澄だって、携帯電話に登録された連絡先の中には、もう一生会うことがないだろう過去の知りあいも多い。

「だけど三カ月前くらいだったかな、なにげなく見たら、アイコンの写真が変わってて。それまではずっと、サッカーボールだったんだけど……」

誠治の目が泳いだ。大丈夫だというしるしに、香澄はうなずいた。誠治が小さな声で続けた。

「赤ん坊の写真になってた」

香澄が息をのんだとき、のんきな声がした。

「すいません、お待たせしました」

席をはずしていた八田が戻ってきたのだ。

なにも知らない彼の前で、こんな話題を続けるわけにもいかない。その先を聞きそびれたまま食事はお開きとなった。といっても、写真の赤ん坊が誰なのかは、香澄にも容易に想像がついた。

家に帰り着いた直後に、栄子から電話がかかってきた。

「ごめんね。誠治、わたしから香澄に話したと思いこんでたみたいで」

もともと、この話を香澄に教えるべきか否か、夫婦の間で意見が割れていたらしい。誠治は黙っておこうと主張し、伝えたほうがいいと栄子は反論した。

「だって、香澄には知る権利があるでしょ。知って、怒る権利が」

怒る権利、と香澄は胸の中で繰り返した。

実際のところ、香澄は怒っていなかった。悲しくも悔しくもなかった。ただ、おそろしく疲れていた。部屋の電灯もつけず、スーツも着たままで、ベッドの上にごろりと横たわった。

「それに、放っといたら、どこから香澄に伝わるかわかんないじゃない？　変なところで変なふうに耳に入るよりは、わたしから話したほうがいいと思って」

最終的には誠治が折れた。ただし、事実関係は確かめておくようにと釘を刺した。もしも写真の赤ん坊がよその子ども、たとえば裕一の甥《おい》や姪《めい》だったとしたら、香澄を意味なく動揺させてしまう。

「本当は、森に行ったときに話すつもりだったんだ。正直、香澄に発破かけたいって気持ちもちょっとあったかも」

香澄も覚えている。もったいないよ、とあのとき栄子は言ったのだ。あんなやつのせいで、と。

「だけど、言えなかった」

香澄は目をつむった。視界がいっそう暗くなる。

「わたしなりに反省もしたんだよ。よけいなことして香澄を追い詰めるのもよくないなって。で、結局話せなかったってこと、誠治にもなんとなく言わないままになっちゃってて……」

「いいよ。気にしないで」

離婚して十二年が経つ。それだけあれば、なんだって起きる。

先々月、三年ぶりに再会した九鬼あずさのことを思い出す。三年前にはひとりぼっちだった彼女も、もうじき母親になろうとしている。その四倍もの時間が、香澄と裕一の間には流れているのだ。

「ごめんね、香澄」

栄子の声がやけに遠く聞こえた。

「いいって。わたしは大丈夫。ちょっとびっくりしただけだから」

誠治さんにもよろしく、と言い添えて、香澄は電話を切った。大丈夫だ。でも、無性にたばこが喫いたかった。

十和田が内定を受諾すると伝え、先方から手続き書類を送ってもらって、香澄のやるべきことは終わった。

と思いきや、まだもうひとつ、最後の仕事が残っていた。

スカウト案件の場合、無事に話がまとまった暁《あかつき》には、一席設けることになっているらしい。お祝いの食事という名目だが、つまるところ接待だ。相手は、ピタキャリアにとって得意先の企業で要職に就こうとしている、いわば重要人物である。距離を縮めておくに越したことはない。

営業担当として、奈良も同席する。いちはやく店の予約もすませたという。都心の高級ホテルの上層階にある鉄板焼きのレストランで、食事ばかりでなく眺望もすばらしいそうだ。香澄たちが話しているところに居あわせた宮崎は、経費でうまい肉が食えるなんて最高じゃないですか、さすがＶＩＰ案件、としきりにうらやましがっていた。

キャリアサポート部では接待の会食などめったにないので、珍しがるのも無理はないのだろうが、香澄ははっきり言って気が重かった。前回、不調に勘づかれてしまったのが、どうにも気まずい。勘づいた十和田のほうも、気まずそうだった。しかも事態はあれからなにも改善していない。香澄なりに明るくふるまうつもりだけれど、あの十和田の前でうわべだけとりつくろっても見破られそうだ。

おまけに、約束の前日になって、緊急の出張が入って参加できなくなったと奈良が言い出した。

うろたえる香澄に、楽しんできてな、と奈良は悪びれずに言った。そや、最上階のバーもおすすめやで。盛りあがったらそっちも行ってみ。

奈良が太鼓判を押すだけあって、レストランから見下ろす夜景は圧巻だった。

平日にもかかわらず、客の入りは悪くない。カウンター席には、恋人なのか夫婦なのか、仲睦まじげな男女がずらりと並んでいる。片やテーブルのほうは圧倒的に男性客が多い。ほぼ全員がスーツ姿で、ネクタイもしめている。もちろん、香澄たちはテーブル席に案内された。

ふたりきりの食事は、危惧していたほど気詰まりなものにはならなかった。

十和田は健啖家《けんたんか》で、食べっぷりのみならず飲みっぷりも豪快だった。つられて香澄まで箸が進んだ。アルコールもほどよく回ってきて、いつしか彼の巧《たく》みな話術にひきこまれていた。十和田のほうも、顔色こそ変わらないものの、しらふのときよりも饒舌になっている。

十和田は内定を正式に受諾した後、先方ともまた会ったらしい。特に、昨年転職してきたばかりだという人事部長とは、すっかり意気投合したという。

「彼も悩んでるみたいで。あの会社はどうも、社員の育てかたがうまくないらしいんですよ。ネームバリューはあるから、いい人材もそれなりに採れるんだけど、定着してくれなくて困るって」

香澄はあいまいにうなずいた。知っている。そうやって慢性的に人材が不足しているおかげで、ピタキャリアへの依頼が絶えないわけだ。

「給料も職場の環境も、決して悪くはないはずなんですけどねえ。結局、人間はなんのために働くんだろうって、おっさんふたりで熱く語っちゃいました」

人間はなんのために働くんだろう——哲学的な響きすら備えたその問いに、香澄も答えは持ちあわせていない。

「やりがい、なんですかね。やっぱり」

十和田がぽつりと言う。

「千葉さん、はじめて会った日に言ってくれたでしょう。新しいことに挑戦し続ける、スケールの大きな仕事にかかわる、それがわたしのやりがいだって」

「失礼しました。初対面なのに、わかったようなことを申しあげて」

今さらながら、香澄は恐縮した。十和田にその気になってもらいたい一心で、柄にもなく前のめりになってしまっていた。

「いえいえ、おかげで思い出しましたよ。そうだ、おれは新しいことに挑戦したいんだ、でかい仕事がやりたいんだ、ってね。こうして言葉にすると、青くさいっていうか、力みすぎっていうか、ちょっと照れますけど。まあでも、わたしは本質的には暑苦しい人間なので」

内に秘めたその熱を気《け》どらせない飄々《ひょうひょう》とした口ぶりで、十和田は続ける。

「あとは、タイミングもよかったのかもしれない。ちょうど、なんていうか、人生が停滞してるところだったから」

「ああ、わかります」

思わず、香澄は深くうなずいていた。停滞、という日頃あまり使わない言葉が、思いのほか耳になじんだ。

「いえ、その、十和田さんの人生がという意味ではなくて……」

訂正しようとして、口をつぐむ。十和田の澄んだまなざしを見れば、香澄の言いたいことが通じているのはわかった。

「誰にでもありますよね、そういう時期は」

十和田がナフキンで口もとを拭《ぬぐ》い、軽く咳ばらいをした。

「やっぱり、立ち入った質問をしてもいいですか？」

「どうぞ」

香澄は観念した。心配してもらっているのに、突っぱねるのも気がひける。もとはといえば、しんきくさい顔をしていた香澄が悪いのだ。

「あ、お客さんにこんな話をするなんて、とか思わないで下さいね。わたしはもうお客さんじゃなくて、卒業生ですから」

十和田が先回りして念を押す。

「それに、まだ北ホールディングスの社員でもないから、取引先ってわけでもない。つまり今現在、僕たちはただの知人、いや友人どうしです」

言いくるめられている感は否めないが、反論もしにくい。黙っている香澄に向かって、十和田はおもむろに問いかけた。

「なにか困ったことでも？」

「困ったこと、というか」

言葉を選んで、香澄は答えた。

「実は、担当していた会員さんが、入社して三カ月で休職してしまって」

一ノ瀬の件を、むろん固有名詞はふせた上で、かいつまんで説明する。

「なるほど。それは心配ですね」

十和田は顔を曇らせつつも、首をかしげてみせた。

「でも、千葉さんの責任ってわけじゃないですよね？　さっきの北ホールディングスの話じゃないけど、新入社員のことは、採用した会社がしっかり面倒を見るべきでしょう」

正論だと香澄も思う。山口も同じようなことを言っていた。

「責任を持てないところが、きついのかもしれません」

なにげなく答え、そこではじめて、自分でもすとんと腑《ふ》に落ちた。もはやわたしにはなにもできない、それがつらいのだ。

十和田は腕組みをして考えこんでいる。

闇に沈んだ窓の外へ、香澄は所在なく視線をすべらせた。無数のあかりが眼下に散らばっている。オフィスビルのものも多いに違いない。この光のもとで夜遅くまで働いているのは、いったいどんなひとたちだろう。


食後のコーヒーを飲み終えて、レストランを後にした。直前に出ていった、香澄たちと同年代くらいの男女に、エレベーターホールで追いついた。

彼らと少し離れて立ちどまり、十和田が香澄に頭を下げた。

「ごちそうさまでした」

「こちらこそ、お時間いただいてありがとうございました」

「楽しかったです」

わたしもです、と香澄が応えかけたところで、エレベーターのドアが開いた。足を踏み出そうとして上りだと気づく。十和田も横で、香澄とそっくり同じ動きをしていた。

ここのバーは穴場なんだよ、へえ楽しみ、と先客たちがうれしそうに言いかわしながら乗りこんでいき、ドアが閉まった。十和田がエレベーターのボタンに手を伸ばしかけ、またひっこめて、香澄のほうを振り向いた。

「よかったら、上もちょっとのぞいてみませんか。たくさんごちそうになったので、次は僕が」

「いえ、そんな、お気遣いなく」

断ったのは、遠慮したからでも、早く帰りたいからでもなかった。なんだかこわかったのだ。十和田とこれ以上長く一緒にいたら、ますますよけいなことまで話してしまいそうで。

「安心して下さい。もう立ち入ったことは聞きません。だから、今度は僕の話を聞いてもらえませんか」

香澄が答えあぐねている間に、エレベーターはこの階を素通りして、下へと降りていった。

最上階のバーは、レストランに比べて空いていた。

蝶ネクタイをしめた店員にうやうやしく案内され、カウンター席にふたり並んで座った。ひかえめな音量でピアノ曲が流れている。照明がしぼってあるせいか、正面の巨大な窓の向こうに広がる夜景がいよいよ迫力を増している。

十和田は慣れた様子でジントニックを注文した。香澄も同じものを頼む。こういうところに来るのはひさしぶりすぎて、なにを飲んだらいいものやら、見当がつかない。

互いにグラスをかかげて乾杯すると、大きな氷が涼しげな音を立てた。

「最初にひとつ、いいですか」

十和田が言った。

「酔いに任せて口説《くど》こうってわけじゃないですから」

「わかってますよ」

香澄は笑って受け流したが、彼は笑わなかった。カウンターに置かれたキャンドルの炎が揺らめいて、横顔に複雑な陰翳《いんえい》をつけている。

「僕は本気です」

おおまじめに言われて、香澄は危《あや》うくグラスをひっくり返しそうになった。

「実は、最初にお会いしたときから、いいなと思ってました」

十和田がスツールの上で体を九十度回転させ、香澄のほうを向いた。カウンターに片ひじをかけて、こちらに身を乗り出してくる。

「第一印象でもう、ぴんときたというか。自分でいうのもなんだけど、僕の直感ってけっこうあたるんです」

顔が近い。香澄はどぎまぎして体をひいた。こういう状況もひさしぶりすぎて、どんな反応をしたらいいものやら、見当がつかない。

「もちろん直感だけじゃありません。いろいろとお話しして、千葉さんの考えかたや人柄にもふれた上で考えたことです」

十和田は目をきらきらさせて言い募る。

「ええと、でも……」

香澄はどうにか口を挟んだ。

「わたしたち、今日を入れても、まだ三度しか……」

「三回会えば十分でしょう」

十和田が屈託なく言った。

「面接だって、二回か三回で終わる。しかも、その都度面接官は替わる。それに、ただの面接と違って、わたしは千葉さんの仕事ぶりを見せてもらってますし」

「仕事ぶり」

香澄はぼんやりと繰り返した。

「はい。相手に寄り添って考えようとする姿勢が、すばらしい。誰にでもできることじゃない」

十和田が香澄をじっと見つめた。

「千葉さん、北ホールディングスで一緒に働きませんか」

十二月

日曜日のオフィスはひっそりと薄暗い。ブラインドの隙間からさしこんでくる淡い光が、ひとけのないフロアをわびしく照らしている。

天井の蛍光灯をキャリアサポート部の一角の分だけつけてから、香澄は自席でパソコンを立ちあげた。周りが静かなせいで、うなるような起動音がいやに耳につく。休日出勤はひさしぶりだ。秋口の、部署全体がやたらに忙しかった時期以来だろうか。

担当している会員のひとりから、面談の日程を変更してほしいと連絡が入ったのは、おとといのことだった。

予定していた日に海外出張が重なってしまい、前倒ししたいという。平日でもかまわない、できれば早いほうがありがたいという彼の希望どおり、週明けの月曜、午前中の枠に予約を入れ直したところまではよかった。週末を挟むから帰るまでに準備をすませておこう、とその時点では考えてもいたのに、会議やら面談やらであわただしく過ごすうちに失念していた。

ゆうべスケジュールを見直していて、ため息がもれた。月曜の朝早めに出社すれば、ぎりぎりまにあわせられなくもないが、あせってまた失敗を重ねてもまずい。考えるほどに不安が募り、やっぱり今日のうちにやっておくことにした。

どうも最近、こういう失態が続いている。先週は、部内の打ちあわせをひとつすっぽかしかけた。月末に申請する経費精算の締め切りもうっかり忘れて、石川から催促されてしまった。今のところ、社外に迷惑をかけるような事態にはなっていないけれども、こんな調子では先が思いやられる。

注意力散漫の原因は、はっきりしている。十和田にはまだ返事をできていない。

「びっくりさせて、すみません」

あの夜、絶句している香澄に、彼は言った。

確かに、香澄は喜ぶでも困るでもなく、ただただびっくりしていた。毎日他人の転職の世話をしているくせに、自分ではその発想がなかった。

「人事部の中で、海外事業本部周りの採用や人材管理を担当していただきたいんです。まずは、今後の体制作りに力を貸して下さい」

千葉さんにとっても悪い話じゃないと思うんです、と十和田は熱っぽく続けた。

「あの、さっきの休職の話ですけどね。ちょっと状況は違いますが、僕がコンサルファームで感じていたジレンマを思い出しました」

経営コンサルタントの仕事は、顧客の課題解決を支援することだ。客観的な視点から現状を整理し、問題点を洗い出し、対策を提案する。

「そこで、おしまいです。その先は社内で進めてもらわないといけない。成功するか失敗するかは、彼らしだい」

案件によっては、実行段階にもかかわる場合もある。それにしても、いつまでも手伝うわけにはいかない。コンサルタントはあくまでも期間限定の、外部の助っ人にすぎない。

「もちろん、そのメリットもある。第三者として公平な視点を保てるし、社内の政治やしがらみに縛られなくてすむ。でも、結局は外の人間なんですよね」

十和田の言いたいことは、香澄にもよく理解できた。

人事部は、会社の中の人間だ。採用した社員を、適切な部署に配属し、長期的なキャリアプランを立て、責任を持って育てていける。ひとつの会社から別の会社に移る、そのごく一時期だけにしかかかわらない転職エージェントとは違う。

「千葉さんが今、特に転職するつもりはないのはわかってます。でもこの機会に、ちょっと考えてみてもらえませんか。こういうのって、ご縁というか、タイミングですし」

特に転職するつもりがなかった彼の気をちゃっかり変えさせた身としては、異論の唱えようもなかった。

「すぐ決めろとは言いません。年末くらいまでに返事をもらえれば。そうそう、先方の話では、待遇面も善処できるみたいです」

気が早いというべきか、手回しがいいというべきか、北ホールディングスの人事部長にも打診はすんでいるらしい。ふたりで会ったときに香澄の話も出たそうだ。ぜひ会ってみたいと向こうも関心を示しているという。

「千葉さんはプロだから、どんな仕事がご自分にふさわしいか、おわかりでしょう。どうか冷静に、客観的に考えてみて下さい」

十和田は香澄の目をのぞきこみ、かんで含めるように問いかけた。

「たとえばこれが、担当の会員さんに出されたオファーだったら、どうアドバイスしますか?」

ソフィアのブースに入り、相談しながら求人案件を見せてもらった。求人票をまとめて出力した後、はたとひらめいて、北ホールディングスのデータも照会してみた。画面にいくつか表示された募集職種の中から、人事部を選ぶ。

「こちらの求人票も印刷しましょうか?」

ソフィアにたずねられ、急いで断った。

「ううん、大丈夫」

ソフィアが相手でありがたい。もしも人間に対して、たとえば奈良に求人の状況を問いあわせようものなら、なぜそんなことを知りたがるのかといぶかしがられるに違いない。

「ねえ、ソフィア。わたしって人事部の仕事に適性があると思う?」

　思いついて、聞いてみた。

「人事部にもいろいろありますが。こちらの求人のことですか？」

「うん、まあ、たとえば」

「少々お待ち下さい。データを照合します」

　回答までの数秒間が、ばかに長く感じられた。

「あります」

「ある？」

「はい。千葉さんには、北ホールディングスの人事部に適性があります」

　ソフィアが婉曲な物言いをしないのはよく心得ているけれど、こうして断言されると、なんとなくそわそわしてしまう。

「どこが？」

「まず、同じ人材系の仕事として親和性があります。特に採用業務は、採用される側の支援を通して深くかかわっているため、基本的な知識は身についています。個人の特性や嗜好を見抜く力も活かせますし、人事制度や施策について多数の会社の事例を把握できているのも強みです」

　ソフィアはよどみなく説明する。

「人事部としての実務経験はありませんが、こちらの求人は未経験可なので問題ないでしょう。特定の会社に関する知見しかない人事部の出身者に比べて、視野の広さやバランス感覚の面をアピールすることも可能です」

「……ありがとう」

求人票の束を手に、香澄はそそくさとブースを出た。席へ戻ろうとしたところで人影が目に入り、ぎくりとする。

石川だった。面談用のファイルから目を上げて、香澄に会釈する。

「おつかれさまです」

「おつかれさまです。面談ですか？」

香澄がたずねたのは、石川が平日と同様、スーツにネクタイをしめていたからだ。香澄のほうは、人前に出るわけではないので、ニットにジーンズという普段着で来てしまった。髪も化粧も適当だし、ヒールのないショートブーツも休日仕様だ。

「はい。急ぎのがひとつ入ってしまって。千葉さんは？」

「明日の下準備を、ちょっと」

面談があることを忘れていたとはいえず、言葉を濁した。

「でも、もう終わりました。そろそろ帰ります」

あたふたとデスクを片づけ、コートをはおったところで、

「あ、ちょっと待って下さい」

と石川に手招きされた。クリップでまとめた紙の束を差し出される。

「これ、読んでみて下さい。この半期分の、入社後アンケートの結果です」

その名のとおり、転職した会員の、入社後の実態を把握するために行うアンケートである。入社して一カ月が経った時点で案内のメールを送り、システム上で回答を入力してもらう。

以前は担当した会員ひとりひとりの具体的な回答結果が各キャリアアドバイザーに配られていたが、不本意な内容だと士気が下がるという理由で数年前に廃止された。現在では、全員分の結果を集計したレポート一枚――部内では「通知表」と呼ばれている――のみが本人に渡され、詳細は直属の上司に開示されて、査定や指導の参考情報として使われている。

受けとったアンケートの束に、香澄は目を落とした。それなりに厚みがある。石川はどういうわけか、上司用の資料を部下にも読めと言っているようだ。

「いいんですか?」

「ええ。たまには自分の仕事を振り返ってみるのもいいものですよ。いろいろと発見もあると思います」

石川はにこやかに言う。この場で読んだほうがいいのだろうか。週明けを待たずに今わざわざ渡してきたのは、早く目を通せという意味なのかもしれない。かといって、石川の目の前で読むのも気恥ずかしい。

部下の逡巡を察したのか、石川はつけ足した。

「持って帰って、家で読んでもらってかまいませんよ。個人名は書いてありませんし。もちろん、取り扱いには注意して下さいね」

提案の体をとった指示、と香澄は解釈した。石川のしばしば使う手だ。

「ありがとうございます」

香澄はかばんにアンケートの束を押しこんだ。


帰りの電車は休日のわりに混んでいた。

運よく空いたドア近くの席に、香澄は腰を下ろした。親子そっくりの家族連れも、ぴったりと身を寄せあう恋人たちも、けたたましい笑い声を上げている若者の集団も、一様に楽しげだ。

車内をそれとなく見回してみて、赤と緑で彩《いろど》られた中吊り広告が目に入った。このにぎわいはクリスマスが近づいているせいか、と遅まきながら合点がいく。

行きよりも幾分重くなったかばんを、胸に引き寄せた。せっかく休みを返上して仕事をすませたというのに、やっかいな代物《しろもの》を受けとってしまった。

会員からの評価は、香澄も気にならないわけではない。一方で、率直な生の声にふれるのは緊張する。各人が具体的なアンケート結果を読まされていた頃からそうだった。どんな不満が飛び出してくるのか、とんでもない酷評がまじっていないか、半期ごとの発表のたびに気が重かった。

たいがい覚悟していたよりは好意的な回答が多いのだが、むろんすべてではない。最も多い苦情は、事前にキャリアアドバイザーから聞いていた――もしくは聞かされていなかった――ことと実態に齟齬があった、というものである。「できれば入社前に知っておきたかった」とまずまず穏便な言い回しから、「話が違う、だまされた」とかなり感情的な非難まで、書きぶりには温度差がある。

個別の回答を、担当者ではなく上司だけが見られるようになると決まったとき、社内では賛否両論があった。香澄はどちらかといえば賛成派だった。感謝や喜びの声が直接届かなくなってしまうのはさびしいけれど、生々しい叱責にさらされずにすむ安堵のほうが勝《まさ》っていた。肯定的な意見も否定的な意見も真摯に受けとめ、業務品質の向上に役立てなければならないと頭ではわかっていても、やっぱりほめられたらうれしいし、けなされると気が沈む。

しかし思い返せば、石川はこの制度変更には反対だった。批判から目をそむけていては成長できない、というのだ。厳しい指摘にこそ学ぶべきものがあるのだから、本人にもありのままを知らせたほうがいい。

石川が香澄に突然アンケート結果を渡してきた意図も、そこにあるのかもしれない。彼のことだから、部下が本調子でないのはとうに承知しているに違いない。自身のいたらない部分を反省し、気をひきしめて業務にあたるように、活を入れておこうと考えついたのだろう。

膝《ひざ》の上のかばんが、急に重みを増した。

このままではいけない、それは香澄にもわかっている。十和田の申し出を受けるにしても、そうでないにしても、早く結論を出さなければならない。結論を出して、この中途半端な状況から抜け出さなければならない。

思いきって話に乗ってみようか、と考える日もある。転職は縁とタイミングだと十和田に言われるまでもなく、香澄も職業柄それは思い知っている。北ホールディングスは名の知れた大企業で、雇用条件も悪くないはずだ。仕事自体にも興味がある。人材の採用から育成まで長期的にかかわれるというのは、ピタキャリアでは経験できないことであり、つねづね香澄がやってみたかったことでもある。なにより、これも十和田の言葉を借りれば「停滞」ぎみの人生が、この一歩をきっかけに動き出すかもしれない。

しかし次の日になると、そんなにうまくいくだろうか、と不安がふくらむ。二十代の若者ならいざ知らず、この年齢で未経験の職種をこなせるものだろうか。北ホールディングスの社風になじめるかもわからない。大学を出て以来、二十年近くもピタグループで働いてきたのだ。会員たちの実例からしても、入社してみたら合わなかったということは決して珍しくない。

いや、あの十和田のことだ。そういったもろもろも勘案し、問題ないと判断した上で話を持ちかけてきたのだろう。ソフィアだって、適性があると認めてくれていた。

でも適性というなら、今の仕事にも向いていなくはないはずだ。これまでの積み重ねも大きい。今さら外へ出なくても、ここで自分にできる仕事を丁寧にやっていけばいいのではないか。

いや、でも、と思考は左右に振れるばかりで、一向にまとまらない。もしこれが会員の話だったらどう判断するかと十和田には言われたけれど、こんな往生際《おうじょうぎわ》の悪い会員がいたら担当にあたりたくない。

電車がゆるゆると速度を落とす。車内放送が聞き慣れた駅名を告げた。

ゆっくりと開いたななめ前のドアを、香澄は半ば放心して見つめた。家に帰るにはここで乗り換えないといけないのに、立ちあがる気力がわいてこない。電車を降りて、乗り換えて、家に帰って、かばんを開いてアンケートを読む、そのすべてが億劫《おっくう》でたまらない。

家族連れと若者たちがぞろぞろと降りていく。また同じような家族連れと若者たちが乗りこんでくる。発車を知らせるベルが鳴り響く。

ドアが完全に閉まるのを見届けて、香澄はシートにもたれかかった。

終点は思ったよりも遠かった。

毎日のように使っている路線なのに、自宅と会社の間以外の区間にはほとんど乗ったことがない。どこどこ行き、という案内表示のおかげで地名だけは目になじんでいるが、どんな場所なのかは見当もつかない。

都心から離れるにつれ、車内は空いてきた。窓から見える建物の背が低く、空が広くなる。収穫の終わった殺風景な田畑に、白っぽい陽光がさんさんと降り注いでいる。

乗り過ごそうと決めたときには、やけっぱちな気分も少々あったけれども、電車に揺られているうちに心が鎮まってきた。こうなったら、とことん行けるところまで行ってみよう。

終着駅では、同じ車両に乗客は五人も乗っていなかった。

彼らの後について、香澄もホームに降りた。十二月にしてはあたたかいとはいえ、頬をなでる風はひんやりと冷たい。

簡素な改札口を抜け、こぢんまりとした広場に出た。中央に小さな花壇と古ぼけた時計台がある。時刻はすでに正午を回っている。かれこれ一時間以上も電車に乗っていたことになる。

他の乗客は迷いのない足どりで四方に散っていった。ひとり残された香澄は、花壇の傍らに据えられた案内板の前に立った。周辺の地図が描いてある。見るからに年季が入っていて、日焼けで色あせ、文字もかすれて読みづらい。まず駅舎を、次にこの広場を、どうにか見つけた。

もう一度全体を眺めてみて、線路を挟んだ反対側の区画に目がとまった。けっこう広い一帯が緑色で塗りつぶされている。消えかかった説明の字に目をこらして、「森」の一文字だけをかろうじて読みとれた。

首をめぐらせ、駅のほうを振りあおぐ。駅舎の向こうに、小高い丘が頭をのぞかせていた。

踏切を渡って駅の裏手に抜けた。人通りのない道の先に、「森」らしき木立がひかえている。案内板の地図では緑色で表現されていたけれど、葉を落としつつある木々は茶色っぽい。

ぶらぶらと歩いていくと、道端に看板がぽつんと立っていた。無骨な手書きの文字で、ハイキングコース入口、と書かれている。生《お》い茂《しげ》った藪《やぶ》の間に、舗装《ほそう》されていない小径が続いていた。

夏に栄子と一緒に行った森も、入口はこんな趣だった。記憶がよみがえったついでに、もうひとつ思い出す。あのとき栄子は、森で行われた研修の話を教えてくれた。ひとりになって自分自身と静かに向きあうのだと言っていた。

ハイキングコースに、香澄は足を踏み入れた。

勾配はゆるやかで、土が踏み固められていて歩きやすい。時季によっては案外にぎわうのかもしれない。もっとも、今は人っ子ひとりいない。時折、鳥の鳴きかわす鋭い声が空気を震わせ、またすぐに静寂が戻る。

歩いているうちに、体がぽかぽかとあたたまってきた。こずえの間から届く陽ざしがやわらかい。土だろうか、落ち葉だろうか、素朴でなつかしいにおいがする。

二、三十分ばかりで、急に視界がひらけた。建物でいうなら踊り場を思わせる、平坦な場所だった。紅葉の名残《なごり》の、くすんだ赤や黄色の葉をまばらにつけた木々が、互いに遠慮しあうような間隔をおいて立っている。降り積もった落ち葉が地面を覆《おお》い、土が見えないほどだ。

誘われるように、香澄は道からはずれた。

ふかふかした落ち葉のじゅうたんを踏みしめる。かさかさと乾いた音が立つ。しばらくうろうろとあたりを歩き回り、目についた切り株に腰かけた。両手を上に伸ばしてうんと首をそらした拍子に、薄青い空が見えた。

あらためて、不思議な気がした。つい二時間前まではオフィスで仕事をしていたのに、こうして見知らぬ森の中に座っているなんて。

ひとりでいることには慣れている。でも、日頃ひとりで過ごしている時間とは、なんだかちょっと違う。無数の木々と、その陰でひそやかに息づく生きものたちの気配に、取り巻かれているからだろうか。何本もの木がある。何羽もの鳥や、何匹もの虫がいる。なのに、人間は香澄ひとりきりだ。

そういえば、ひとりでいることについて栄子と口論になったのも、森でだった。香澄は自ら望んでひとりでいるわけではない、過去に縛られてうまくいかないと決めつけているだけだ、と言われた。裕一の件があったから、栄子は熱くなっていたようだが、そうとは知らない香澄は戸惑った。

うまくいかないと決めつけているつもりは、ない。ないと思う。ただ、腰はひけているのかもしれない。

ひとりでいられなくなることに。言い換えれば、特定の誰かを必要とすることに。

さらに、その誰かから香澄自身も必要とされなければ、関係は成り立たないのだ。そんな奇跡みたいなことがそうそう起こるとも思えない、などと言ったら、また栄子に怒られてしまうだろうか。

不意に、十和田の顔が思い浮かんだ。

恋でも愛でもなく――一瞬でも勘違いしてしまったのがものすごく恥ずかしい――、けれど香澄をたじろがせるほどの勢いで、一緒に働きたいと十和田は言ってくれた。あのまっすぐなまなざしは忘れられない。少なくとも彼は、香澄のことを心から必要としてくれている。

新しい環境に飛びこめば、わたしも前に進めるだろうか。裕一も会員たちも、先へ先へと軽やかに走っていくのに、ひとりだけ同じ場所で漫然と足踏みしている、このむなしさから解放されるだろうか。

帰ろう、と思った。帰って、十和田に返事をしよう。

勇んで腰を上げたところで、足もとで鈍い音がした。視線を落とす。切り株に立てかけるように置いたかばんが、地面に倒れていた。

端まで閉じきれていなかったファスナーの間から、アンケートの束がのぞいている。なんの変哲もないはずの紙の白さが、かばんの黒と枯れ葉の茶色の狭間《はざま》で妙にくっきりと目にしみた。

香澄はかばんを抱えあげ、手で軽く払った。そして、また切り株に座り直した。

石川の言っていたとおり、個々のアンケートに回答者の名前は書かれていなかった。ただし年齢と性別、それに転職先の社名も明記されていて、誰なのかを推測するのはさほど難しくない。

直近の半期ということは、六月から十一月までの半年間に届いた分である。アンケートを依頼するのは入社してひと月後で、即座に返信をもらえるとも限らないから、それらの時差をふまえて逆算すれば、ここにあるのはだいたい四月か五月あたりから秋口にかけて入社した会員の回答ということになるだろう。

〈入社後に、入社前の予想と異なっていた点はありますか?〉

〈予想と異なっていた点のうち、よかったことはなんですか?〉

〈予想と異なっていた点のうち、よくなかったことはなんですか?〉

選択形式で答える七、八問が続いた後に、記述式の設問もいくつか並んでいる。その最後の一問に、香澄の目は吸い寄せられた。

〈あなたはこの転職に満足していますか?〉

たとえば一枚目の〈二十八歳男性/荒川製作所〉は、その質問にこう答えている。

〈大満足です。この会社にめぐりあえてよかった。あと、引き続き営業として働くことにしたのも正解だったと思う。営業職への偏見を根気よく正してくれた担当者さん、ありがとう!〉

二宮壮太だ。

内定直後にオフィスまで挨拶に来てくれたのが、つい最近のことに思えるけれど、あれからもう半年以上も経っている。元気にやっているようでなによりだ。前とは違って労働環境のよさそうな会社だし、やっぱり彼には営業職が合っていたのだろう。

素直な感謝の言葉に力づけられ、香澄は次の一枚をめくる。今度は、〈二十八歳女性／コートー・バイオメディカル〉の回答だった。

〈前の職場が気に入っていたので、たまに恋しくなりますが、転職そのものに後悔はありません。今思えば、転職活動をはじめた時点ではまだ迷いがありました。でも、面談を重ねるうちに、気持ちの整理がついてきました。キャリアアドバイザーの方にきめ細かく相談に乗っていただけたおかげです〉

ああ、これは五味佳乃だ。夫の転勤についていかなければならなかった彼女のその後は、香澄も気になっていた。あれは五月頃だったか、内定を受けると返事をくれたときの、どこか吹っきれたような笑顔を思い出す。芯の強い五味ならきっと、これからも研究職の道を着実に歩んでいけるだろう。

四谷正憲の回答は、ひときわ熱が入っていた。

〈非常に満足している。最初に内定をいただいたときに、当方の落ち度でお断りすることになってしまい、御社にも多大なご迷惑をおかけしたことを、この場をお借りして深謝したい。そんな失礼にもかかわらず、快く再挑戦を許して下さった豊島物産、また親身に対応して下さった御社のご担当者には、感謝してもしきれない。定年まで働くつもりだった会社がつぶれたときには、人生おしまいだと絶望したが、心ある方々にめぐりあえた幸運を本当にありがたく感じている〉

彼らしい、誠意のにじみ出た長文だった。四谷からじかに語りかけられているみたいで、目頭がじんと熱くなる。

一枚一枚、香澄は夢中でアンケートを読んでいった。社名を見れば、そこに転職した会員の顔が、ありありとよみがえる。さらに回答の文章を読めば、声まで聞こえてくる。おおむね前向きな内容が多い。少なくとも、転職を悔やんでいる会員はいないようだった。石川に反省をうながされているのかと疑ったのは、穿《うが》ちすぎだったかもしれない。これを渡してくれたのは、香澄を勇気づけるためだったのだろう。

そこでふと、手がとまった。

もし石川が香澄を励まそうとしたのなら、その目的に沿わない分は、彼の手であらかじめ除けられているのだろうか。部下のやる気をそこなわないよう、上司として配慮してくれたのか。いや、あの石川が、そんなことをするだろうか。

考えめぐらせかけて、香澄はゆるく頭を振った。親指とひとさし指で紙の束をつまみ、頼もしい厚みを味わう。いずれにしても、こんなに多くのひとたちが転職してよかったと感じている、それは間違いないのだ。

別に、香澄の手柄というわけではない。自己満足かもしれない。けれど彼らの言葉を受けとった今は、それでもかまわないと開き直れてしまう。

勢いよく次の一枚をめくり、香澄はあっと声をもらしそうになった。二十九歳男性、転職先はスミダック。

一ノ瀬だ。


翌朝、香澄は出社して一番に、石川にアンケートの束を返した。

「これ、ありがとうございました」

「ああ、読みましたか。どうでした？」

「ええと、うまく言えないんですけど……」

言葉を探している香澄の顔をしげしげと見て、「ちょっと話しましょうか」と石川は腰を上げた。

ふたりでミーティングルームに入り、香澄はおそるおそる口火を切った。

「あの、実はわたし……」

「知ってます」

いきなりさえぎられて、ぽかんとする。石川が声を落とした。

「こういう場合、ソフィアからアラートが上がるんです。その、なんというか……部下が平常と明らかに異なる言動をとったときは、注意喚起ということで」

頬がほてってきて、香澄はうつむいた。

平常と明らかに異なる言動とはつまり、特定の求人について自らの適性をたずねるようなことだろう。もし部下がソフィアにそんな質問をしていたら、上司がいやな予感に襲われるのも道理だ。

「別に、社員を監視しているわけではないんですよ。ただ、悩んだり困ったりしているときに、なるべく早く対処できるようにという趣旨で」

石川はばつが悪そうに肩をすぼめ、言い添えた。

「それに、十和田さんからも連絡がありました」

香澄はいよいよあっけにとられた。

御社にも仁義を通しておきたくて、と十和田は話していたそうだ。引き抜きをかけるなんてフェアじゃないとお怒りになる方もいらっしゃるかもしれませんが、よりよい転職を応援なさっている石川さんなら、ご賛同下さるかと思いましてね。

「彼の言うとおりです。もし千葉さんがうちの会員だったとしたら、わたしからもすすめるでしょう。このオファーは受ける価値がある。北ホールディングスは一流企業だし、おそらく報酬も上がる。人事部なら、うちでの経験を活かしつつ、キャリアの幅も広げられる。いい話です、おめでとう」

石川はすらすらと言う。さっきまでは歯切れが悪かったのに、すっかりふだんの調子を取り戻している。

「あの、石川さん」

香澄が勇気を出して割って入ろうとしたのと、

「って言いたいところなんですけどね、理屈としては」

と石川が苦笑まじりにつけ足したのが、ほぼ同時だった。ふたりで目を見かわし、無言の譲りあいを経て、石川が再び口を開いた。

「会員さんから、上司にひきとめられて辞められないって言われるたびに、わたしは腹が立ってしかたないんです。上司たるもの、部下のためを思って、快く送り出すべきじゃないですか……だけど当事者になってみると、そう簡単に割りきれないんだな」

眉間にしわを寄せ、ため息をつく。

「でも千葉さん、前に気にしてましたよね？　いつだったか、この仕事は傍観者じゃないかって言われたって」

そうだった。ずっと、心のどこかにひっかかっていた。キャリアアドバイザーという仕事は、会員たちの人生のごく一部にしかかかわれない。香澄は彼らのことを、ほんの一時期しか見守れない。

けれど、そのごく一部は、ほんの一時期は、彼や彼女の人生にとってとびきり重要な意味を持っている。

あのアンケートを読んで、香澄はようやく気づいたのだ。わたしを必要としてくれているのは、十和田だけじゃなかったのかもしれない。

「あの、わたしは」

香澄の声に、ためらいがちなノックの音が重なった。ドアが細く開き、失礼します、と宮崎がひょっこりと顔をのぞかせる。

「千葉さん、受付から電話です。お客さんだそうです」

「お客さん？」

香澄は腕時計に目をやり、首をひねった。昨日準備をすませた会員の面談は入っているが、それにしてはずいぶん早い。予約の時刻まであと一時間近くもある。

「はい」

宮崎が手もとのメモに目を落とした。

「一ノ瀬さん、って方です」

階段を一段とばしで六階まで駆けおりた。小走りに廊下を進み、めざすドアの前に着いたときには息が切れていた。

深呼吸して、ノブを回す。

「お待たせしました」

椅子に座っていた一ノ瀬が、さっと立ちあがった。

「すいません、いきなり」

最後に会ったときと比べると少しやせたようだけれど、そこまで体調が悪いようには見えない。香澄はひとまずほっとした。

「いいえ、とんでもない。来ていただけてうれしいです。わたしも一ノ瀬さんにお会いしたいと思っていたので」

向かいあって腰を下ろすと、一ノ瀬はきまり悪そうに切り出した。

「なんか、お騒がせしちゃったみたいで」

この週末に、田中エリカから一部始終を打ち明けられたという。香澄も予想したとおり、彼女は一ノ瀬に無断で行動していたそうだ。

「ご迷惑をおかけしました。悪気はないんですけど、とにかく思いこみが激しくて。失礼なこと言ってませんでしたか？」

田中の暴走を謝るために、一ノ瀬はわざわざ出向いてくれたようだった。その気持ちばかりでなく、それを実行できるだけの体力と気力を彼が取り戻せているらしいことも、香澄にとってはうれしい。

思いきって、聞いてみる。

「体調はいかがですか？　もう大丈夫です？」

「おかげさまで、もう大丈夫です」

「そうですか。よかったです」

香澄は胸をなでおろした。それなら職場に復帰するめどもついたのかもしれない。

「それで今日は、報告があって」

気負いのない口ぶりのまま、一ノ瀬は続けた。

「今月いっぱいで、スミダックを辞めることにしました」

香澄は息をのんだ。

「だいぶ迷ったんですけど。決めたらなんか、すっきりして」

そんなふうに言うだけあって、一ノ瀬はさっぱりした顔つきをしている。田中のように、責任をとれと迫るつもりもなさそうだ。

でも、まったく責められないのも、かえっていたたまれない。

「申し訳ありませんでした」

香澄はうなだれた。

「いや、こっちこそすいません。千葉さんにはお世話になったのに」

一ノ瀬はあわてたふうに首を振り、だけど、と口ごもった。

「あの、こんなこと言うの、変かもしれないんですけど……」

言葉をとぎらせ、考えこんでいる。香澄ははらはらして続きを待った。

「転職してよかったと思ってるんです、おれは」

とっさに、相槌を打ちそこねた。

アンケートにも、一ノ瀬はそう書いていた。この転職に満足しているかという問いに対して、とても短い回答を。

〈満足。新しい自分を発見できた〉

他の会員たちに比べてそっけない答えを、香澄は何度も読み返した。そうして、これはどういう意味なのだろうと考えた。

それを今、目の前で、本人が解説してくれている。

「うまく言えないんですけど、自信がついたっていうか。おれもやったらそこそこできるかも、って。できるっていっても、スミダックのレベルには届かなかったんで、こんなことになってるわけですけど」

休職することになった当初はひどく落ちこんだ。しかしゆっくり休養するうちに、心身ともに落ち着いてきた。時間をかけて、これからのことをじっくり考えた。

力不足が悔しい。役に立てなくて情けない。だからこそ、やっぱりエンジニアとして能力をもっと磨きたい。

「一年前の自分だったら、そんなふうに考えられなかった気がして。そもそも、どうせおれにはできるはずないってあきらめてた。それに比べれば、少しは進歩したかなって」

一ノ瀬は訥々《とつとつ》と言葉を重ねる。何度もうなずきながら、香澄は耳を傾ける。

「それで、千葉さんにお願いがあるんです。また助けてもらえませんか。次の仕事、探したいので」

香澄はこれまでよりも深く、うなずいた。一ノ瀬がぱっと笑顔になった。

「では、まず」

彼としっかり目を合わせて、香澄は言う。

「ご希望の条件を、お聞かせ下さい」

【初出】
祥伝社WEBマガジン「コフレ」（2018年10月1日〜2019年9月15日）

切りとり線

あなたにお願い

この本をお読みになって、どんな感想をお持ちでしょうか。次ページの「100字書評」を編集部までいただけたらありがたく存じます。個人名を識別できない形で処理したうえで、今後の企画の参考にさせていただくほか、作者に提供することがあります。

あなたの「100字書評」は新聞・雑誌などを通じて紹介させていただくことがあります。採用の場合は、特製図書カードを差し上げます。

次ページの原稿用紙（コピーしたものでもかまいません）に書評をお書きのうえ、このページを切り取り、左記へお送りください。祥伝社ホームページからも、書き込めます。

〒一〇一―八七〇一　東京都千代田区神田神保町三―三
祥伝社　文芸出版部　文芸編集　編集長　金野裕子
電話〇三（三二六五）二〇八〇　www.shodensha.co.jp/bookreview

◎本書の購買動機（新聞、雑誌名を記入するか、○をつけてください）

＿＿＿新聞・誌の広告を見て	＿＿＿新聞・誌の書評を見て	好きな作家だから	カバーに惹かれて	タイトルに惹かれて	知人のすすめで

◎最近、印象に残った作品や作家をお書きください

◎その他この本についてご意見がありましたらお書きください

100字書評

あなたのご希望の条件は

住所

なまえ

年齢

職業

瀧羽麻子（たきわあさこ）
1981年兵庫県生まれ。京都大学卒業。2007年『うさぎパン』で第2回ダ・ヴィンチ文学賞大賞を受賞し、デビュー。19年『たまねぎとはちみつ』で第66回産経児童出版文化賞フジテレビ賞を受賞。著書に『ふたり姉妹』（祥伝社刊）のほか、『ぱりぱり』『左京区桃栗坂上ル』『乗りかかった船』『ありえないほどうるさいオルゴール店』『うちのレシピ』『女神のサラダ』など多数。

あなたのご希望《きぼう》の条件《じょうけん》は

令和2年9月20日　　初版第1刷発行

著者――瀧羽麻子《たきわあさこ》
発行者――辻 浩明
発行所――祥伝社《しょうでんしゃ》
〒101-8701　東京都千代田区神田神保町3-3
電話　03-3265-2081（販売）　03-3265-2080（編集）
03-3265-3622（業務）
印刷――萩原印刷
製本――ナショナル製本

ISBN978-4-396-63592-3 C0093
祥伝社のホームページ・www.shodensha.co.jp

祥伝社

祥伝社文庫好評既刊

わたしにはこの暮らしが合っていると
思っていた――。

ふたり姉妹

都会で働く上昇志向の姉と
田舎で結婚を控えたマイペースな妹。
生活を交換した二人が最後に選ぶ道は?

瀧羽麻子

祥伝社

四六判文芸書

ひと

たった一人になった。でも、ひとりきりではなかった——

両親を亡くし、大学をやめた二十歳の秋。
見えなくなった未来に光が射したのは、コロッケを一個、
譲ったときだった。

小野寺史宜

本屋大賞第二位!

「この本に出会えてよかった」

激しく胸を打つ、青さ弾ける傑作青春小説。

祥伝社

四六判文芸書

アーモンド

ソン・ウォンピョン

矢島暁子 訳

「感情」がわからない少年・ユンジェ。
ばあちゃんは、僕を「かわいい怪物」と呼んだ——

2020年本屋大賞翻訳小説部門第1位!
全世代の心を打つ、感動と希望の成長物語。

祥伝社

四六判文芸書

さんかく

千早茜

「美味しいね」を分け合えるそんな人に、出会ってしまった。
古い京町家で暮らす夕香と同居することになった正和。
理由は食の趣味が合うから。なのに恋人の華には言えなくて……。

一人で立っているはずだった。二人になると寂しさに気づいてしまう。
三人が過ごした季節の先に待つものとは。
三角関係未満の揺れ動く女、男、女の物語。

祥伝社

四六判文芸書

まだ温かい鍋を抱いておやすみ

彩瀬まる

今がどれだけキツくても——
おいしいが、きっとあなたの力になる。

食を通して変わっていく人間関係、
ほろ苦く、心に染み入る
極上の食べものがたり。